陈浪的诗

手写本

陈浪 著

黄河出版传媒集团
宁夏人民出版社

图书在版编目（CIP）数据

寸心苍穹：陈浪的诗：手写本/陈浪著. -- 银川：宁夏人民出版社，2024. 12 . -- ISBN 978-7-227-08114-2

Ⅰ. I227

中国国家版本馆CIP数据核字第2025N4P167号

寸心苍穹：陈浪的诗（手写本）　　陈浪　著

责任编辑　康景堂
责任校对　白　雪
封面设计　王敬忠
责任印制　侯　俊
诵　　读　陈　兵　静　美

黄河出版传媒集团
宁夏人民出版社　出版发行

出 版 人　薛文斌
地　　址　宁夏银川市北京东路 139 号出版大厦（750001）
网　　址　http://www.yrpubm.com
网上书店　http://www.hh-book.com
电子信箱　nxrmcbs@126.com
邮购电话　0951-5052104　5052106
经　　销　全国新华书店
印刷装订　宁夏凤鸣彩印广告有限公司
印刷委托书号　（宁）0031835

开本　880 mm × 1230 mm　1/32
印张　11
字数　210 千字
版次　2024 年 12 月第 1 版
印次　2024 年 12 月第 1 次印刷
书号　ISBN 978-7-227-08114-2
定价　47.00 元

序

李志江

祖国的西北有个宁夏回族自治区，宁夏的首府有个宁夏人民出版社，宁夏人民出版社有个低调的图书编辑，他的名字叫陈浪。

2009年夏秋之交，第四期“全国辞书编辑出版人员资格培训班”在北京大兴的黄村举办，我跟陈浪就在那里见面了，相识了。由于天天在一起上课，又经常在一起吃饭，我们很快熟悉起来。陈浪是典型的西北汉子，中等个头，面庞稍有棱角，身材很匀称，也敦实，说普通话，时不时露出点儿方音，但话并不多。他是历史专业的硕士，读书不少，知识面挺宽，文字上也清通。只是性格比较安静，一般不在外人面前展露罢了。从这个角度来说，陈浪一点儿都够不上“浪”。

参加这期培训班之前，陈浪与辞书的交往恐怕仅仅限于翻阅查检，当初一份入学测试就让他蒙头转向了。所幸在将近二十天的专业培训中，陈浪系统了解了辞书的历史、现状和未来，初步熟悉了辞书从资料收集、编纂加工到出版发行的全部流程，也知晓了几代辞书人的艰辛与幸福。他的眼界开阔了，收获满满的了，甚至萌生了自己也来一试身手的念头。

学习归来不久，陈浪真刀真枪地干起来。起初是与同事一起合作一部辞书，后来又应上海辞书出版社之约，独自编纂一部《小学生多功能成语词典》。经过多年的艰苦努力，2018年，这部收录成语近五千条的词典终于出版了。它贴合语文教学实际，符合学生认知水平，知识性与趣味性兼具，生动活泼，问世后受到广大读者的欢迎。

从2006年起，辞书培训班几乎年年举办，先后参加培训的编辑至今已有两千人左右。培训结业后能够独立编纂出版一部辞书的，如果陈浪不是唯一的一个，也是极少有的一个。他在自己的本职岗位上刻苦自励，学以致用，学有所成，这是值得钦佩的。

祖国的西北有个宁夏回族自治区，宁夏的南部有个西吉县，西吉县里出了个现代诗人，他的名字叫陈浪。

西吉县地处黄土高原干旱丘陵地带，长期以来经济发展相对落后。陈浪生于斯，长于斯，那是他的根。即便陈浪已经进入大城市学习和工作，但在他内心深处，挥之不去的依然是家乡的山水、家乡的亲人。强烈的乡情、亲情浓郁不化，促使陈浪想用自己的语言把它充分地表达出来，这也许就是他写诗的动力。这些语言往往脱口而出，直抒胸臆，自然天成。他的诗从家乡、亲人，到友谊、爱情，到自己的人生之路、所思所想，等等，内容涉及生活与思考的方方面面。从这个角度来说，陈浪确实非常“浪”。他的诗风格是深沉的，语言是凝练的，只要细细品读，就能感受到其中的爆发力。

写诗是陈浪生命的一部分。最初，他的诗不断受到身边朋友、同事的赞许和鼓励；后来，陈浪的诗又陆续刊登在各种报刊上，受到文学界和广大读者的认可和喜爱。如今，陈浪已加入了中国作家协会，成为一名小有名气的现代诗人，这也是值得钦佩的。

宁夏人民出版社低调的图书编辑陈浪和来自宁夏西吉活跃的现代诗人陈浪便如此协调地统一在一起了。白天，陈浪伏案审稿，讲求语言文字的规范，字斟句酌；夜晚，陈浪沉思默想，在跳跃的诗句中徜徉，描画“精神的肖像”。

还要提及的是，陈浪的书法也有相当的水平，当初我是从他考卷的笔迹上发现的。他的第一部诗集出版后，我曾鼓励他把自己的诗句用硬笔书写出来。如今陈浪果真这样做了，让我们在欣赏他诗作的同时，也能欣赏到他的硬笔书法，岂不快哉！

如果将来有机会，陈浪还可以把自己的诗作朗读出来，那就更好了。诗人自己的朗读，最能真实、准确地表达自己的思想感情；一口略带西北口音的普通话，我以为更有味道；假如再配上一些图画，诗书画融为一体，那真就锦上添花了。

遥祝陈浪继续努力，不断进步，来日取得更好的成绩！

2024年12月2日

李志江，中国社会科学院语言研究所词典编辑室副编审，国家语委汉语辞书研究中心兼职研究员。曾参加《现代汉语词典》的编写和修订、《新华字典》的修订，担任《新华多功能字典》副主编、《新华词典》第4版修订主编、《全球华语词典》副主编、《全球华语大词典》副主编、《两岸科技常用词典》副主编等，撰写辞书学论文数十篇。从2006年起担任全国辞书编辑培训班班主任和授课教师。

目录

丁酉帖

戊戌帖

己亥帖

庚子帖

辛丑帖

壬寅帖

癸卯帖

丁酉帖

街巷／芳菲万朵／春之序曲／陇上行／石径上印着我的十年／参商

子衿，我心／那个叫红耀土的乡村／文字风景

秋之黄昏，漫歌／我藏于我的诗歌中／站在文字的山巅

街巷

这一条深长深长的街巷
我一个人在灯火阑珊中走尽
回想起这么多年的时光
如同这街巷，深长，又冷清

但我只循着前行的方向
前行，而不怕寂寞的运命
我心堤栽种有一枝丁香
期逢着个丁香一样的同频

那是冬暖，是溪水歌唱
是琴弦，弹拨着不了的衷情
幽隐，断续，迷茫——
仿佛是芳信，又仿佛是泪零

2017–01–10

街巷

这一条深长深长的街巷
我一个人在灯火阑珊中走过
回想起这么多年的时光
如同这街巷，深长，又冷清

但我只循着前行的方向
前行，而不怕寂寞的运命
我心堤栽种有一株丁香
期逢着个丁香一样的姑娘

那是温暖，是浅咏歌唱
是琴弦，弹拨着不了的衷情
或隐，断续，迷茫——
仿佛是芳修，又仿佛是泪雪

2017-01-10

芳菲万朵

来飞沧海的蝴蝶
窗含西岭的千秋雪
翩翩，皑皑
我的白屋蓬荜生辉

一抹春风入夜
我的孤城芳菲万朵
姹紫，嫣红
怒放出斑斓的云

生命是一条长河
相逢是河上的浪波
温柔的岸
正可泊倦了的船

2017-02-07

芳菲万朵

来飞沧海的蝴蝶
窗台西畔的千秋雪
翩翩，皑皑
我的白屋蓬荜生辉

一抹春风入夜
我的孤城芳菲万朵
姹紫，嫣红
怒放出斑斓的云

生命是一条长河
相逢是河上的浪波
温柔的岸
正可泊倦了的船

2017-02-07

春之序曲

海鸥飞处，湖面波光粼粼
我遥深的念思也被牵扯
也闪着欣欣的春色翾翔
远人啊，你在何处？
我依然要在这春晖里张望！

这一颗心，在春草的萌生中
萌生着红色的喙，蓝色的翅膀
我多么想像海鸥一般地飞翔
飞向我梦往的地方，那里
春和景明，莲女歌唱

春之序曲

海鸥飞处，湖面波光粼粼
我遥深的念思也被牵扯
也闪着欣欣的春色翻翔
远人啊，你在何处？
我依然要在这当时里张望！

这一颗心，在春草的萌生中
萌生着红色的嫁，蓝色的翅膀
我多么想像海鸥一般地飞翔
飞向我梦往的地方，那里
春和景明，游女歌唱

拂不去的苍茫，柳烟似的迷离
谁又能融化开你雨的叹息
人海中沉浮着我的躯壳
三百六十五夜，黑色的眼睛
将倦鸟的命运洞若观火

岂曰无遇？鸥鹭其鸣
你听那喈喈友声，便是好音
穿过茫茫烟水，抵达我肺腑
栖居在灵魂的叶脉
从此归依，绚烂，静美

2017—03—27

拂不去的苍茫，柳烟似的迷离
谁又能融化开你们的叹息
人海中沉浮着我的躯壳
三百六十五夜，黑色的眼睛
将倦鸟的命运洞若观火

岂曰无遇？嘤鹭其鸣
你听那喈喈友声，便是好音
穿过茫茫烟雨，抵达我肺腑
栖居在灵魂的叶脉
从此归依，绚烂，静美

2017-03-27

陇上行

陇上行，行行复顾影
水泠泠，流过了曾经
暮暮朝朝年年岁岁，到如今
慨息如河之深，如叶之轻
谁又能勘破生死与运命？
寂寞，嶙峋，兰生于深林
梦盼着暄妍和芳馨
却不是落得个片片空心？
莫道此一腔真情
穿透黑暗之夜，若晨星
闪耀在寥廓天冥
那一眼，又点亮谁的曲径？
让红花更红，青草更青

陇上行

陇上行，行行复顾影
水泠泠，流过了曾经
暮暮朝朝年年岁岁，到如今
叹息如河之深，如叶之轻
谁又能勘破生死与运命？
寂寥，峥嵘，兰生于深林
梦聆着暄妍和芳馨
却不是落得个片片空心？
莫道此一腔真情
穿透黑暗之夜，启晨星
闪耀在寥廓天冥
那一眼，又点亮谁的曲径？
让红花更红，青草更青

哦，孤客！一卷诗书相亲
因为痴真，所以泪零
于巨大的虚空中意态丰盈
于迷漠的岁月中笑谈渴饮
陇上行，行行复沉吟
青青子衿，月白风清
终是要在尘泥上拓下脚印
终是要朝着莞尔许下约定

2017-04-13

哦，孤独！一卷诗书相亲，
因为痴真，所以凋零
于巨大的虚空中意态丰盈
于迷漠的岁月中笑谈、独饮
陇上行，行行复沉吟
青青子衿，月白风清
总是要在尘泥上拓下脚印
总是要朝着莞尔许下约定

2017-04-13

石径上印着我的十年

不愿触响这静谧的叶
有鸟儿在其间软语轻歌
不愿离开这槐花的香
在香里我又念起了过往

左边是黄河水急急
右边是马兰草离离
心底萌生出交集的悲欢
石径上印着我的十年

诵读：静美

石径上印着我的十年

不愿触响这静谧的叶
有鸟儿在其间软语轻歌
不愿离开这槐花的香
在这里我又忆起了过往

左边是黄河水急急
右边是马兰草离离
心底滋生出交集的悲欢
石径上印着我的十年

我之不忘已渐次疏落
就像是这河水永远淌过
我只要掼不破的纯晶
将其他的物质都看轻

前世里要种下多少的因
今生才能得一见钟情?

2017-05-21

我之不忘已渐次疏落
就像是这条河水永远淌过
我只要摆不破的纯晶
将其他的物件都看轻

前世里要种下多少的因
今生才能得一见钟情？

2017-05-21

参商

一边是海水，一边是火焰
一边是黑夜，一边是白天
同一时间，不同空间
望断，望断，望断！

一边是云朵，一边是花朵
一边是参星，一边是商星
其出没不相见，怅惘
参商，参商，参商！

参商

一边是海水，一边是火焰
一边是黑夜，一边是白天
同一时间，不同空间
望断，望断，望断！

一边是云朵，一边是花朵
一边是参星，一边是商星
其出没不相见，怅惘
参商，参商，参商！

千古冲冠发，百年悲笑
一个人走到天荒地老
冷眼看他人热闹，世界
娑婆，娑婆，娑婆！

鹊桥何在？牛女永世相隔
七夕只是传说。万事寂灭
人生苦短，向死而活
淋漓，淋漓，淋漓！

2017—06—22

千古冲冠发，百年总笑
一个人走到天荒地老
冷眼看他人热闹，幻影
婆娑，婆娑，婆娑！

鹊桥何在？牛女永世相隔
七夕只是传说。万古寂灭
人生苦短，向死而活
淋漓，淋漓，淋漓！

2017-06-22

子衿，我心

那绿水青山像一幅画屏
子衿，我心，于湖光里映
于大千世界，邈遥时光
水一样地沉浸——

我只要掼不破的纯晶
只要实现生命之唯一途径
可无情的风总要吹去
我多情的白蘋——

诵读：陈兵

江渚上再没有倩影
再没有倩影，只有伶仃
残阳如血，被山饮尽
何处听水鸟的歌吟

子衿，我心

那绿水青山像一幅画屏
子衿，我心，于湖光里映
于大千世界，踟蹰时光
水一样地沉浸——

我只要摸不破的纯晶
只要实现生命之唯一途径
可无情的风总要吹去
我多情的白蘋——

江渚上再没有倩影
再没有倩影，只有伶仃
残阳如血，群山欲尽、
何处听水鸟的歌吟

我可怜的心——

嫣红之后，翩然凋零

沉默是最大的诉说

像高天云，有无限情

只一眼便览遍众山风景

只为那一人泪下沾巾

2017—07—13

我可怜的心——
嫣红之后，翩然凋零
沉默是最大的诉说
像高天云，有无限情

只一眼便览遍众山风景，
只为那一人泪下沾巾

2017-07-13

那个叫红耀土的乡村

那个叫红耀土的乡村
此刻正经历黄昏
我不知道它现在模样
应该是暗寂的萧凉

但我知道父亲的眼神
系不住黄昏一盏灯
还在一味仰望
那圆圆缺缺的月亮

但我知道母亲的愿心
比那口古井还深
倒映出清冷的星光
无可奈何的怅惘

那个叫红耀土的乡村

那个叫红耀土的乡村
此刻正经历黄昏
我不知道它现在模样
应该是暗寂的荒凉

但我知道父亲的眼神
熬不住黄昏一盏灯
还在一味仰望
那圆圆缺缺的月亮

但我知道母亲的慈心
比那口古井还深
倒映出清冷的星光
无可奈何的惆怅

我已久未见庄上的云
久未沐村头的风
在他乡念起了故乡
一念一断肠

那个叫红耀土的乡村
是我永走不出的梦
多少笑出泪来的过往
曾在它怀里成长

2017—08—03

我已久未见庄上的云
久未沐村头的风
在他乡忘记了故乡
一念一断肠

那个以红糨土的乡村
是我剪不断的梦
多少笑出泪来的过往
曾在它怀里成长

2017-08-03

文字风景

这些漫无尽头的文字
牵引着我远去又回还
它们是兵马，是军阵
它们是镣铐，是舞蹈
我阅历它们，俨如
经历一次长途跋涉
其间的甘苦和风景
唯自悉知。但我常又
陷入自性的空漠
需要泅渡三千弱水
才能抵达彼岸
那个灵魂的安妥之地

当一场雨后的黄昏
悄然降临，夜幕拉开
我如知返的倦鸟归窠

文字风景

这些漫无尽头的文字
牵引着我远去又回还
它们是兵马，是军阵
它们是镣铐，是舞蹈
我阅历它们，便如
经历一次长途跋涉
其间的甘苦和风景
唯自悉知。但我常又
陷入自性的沙漠
需要泅渡三千弱水
才能抵达彼岸
那个灵魂的安妥之地
当一场雨后的黄昏
悄然降临，夜幕拉开
我如知返的倦鸟归巢

城市里没有炊烟
没有母亲唤我乳名
没有伊人嘘寒问暖
惆怅就会雾霾样升起
这生态，有着美丽的自由
和难排的寥落
我诉诸有无限可能的
文字，替我伸张正义
这是多么欣慰的相遇
帮我解脱世俗的牵绊
使灵魂得雅致的飞升
幸甚至哉，幸甚至哉！

秋水长歌，仰天大笑
拔剑四顾心茫然
我辈岂是蓬蒿人
漫卷诗书

城市里没有炊烟
没有母亲唤我乳名
没有伊人嘘寒问暖
惆怅就会雾霾样升起

这生总，有着美丽的自由
和难排的寂寞
我祈请有无限可能的
文字，替我伸张正义
这是多么欣慰的相遇
帮我解脱世俗的牵绊
使灵魂得雅致的飞升
幸甚至哉，幸甚至哉！

秋水长歌，仰天大笑
拔剑四顾心茫然
我辈岂是蓬蒿人
漫卷诗书

犹如漫卷一场西风
从易安的词间飘来
于是古今同悲的情怀
像飒飒之秋声漫过
像海洋之烈焰燃烧
于是我不是被奴役的
我是主人
是芙蓉山的夜归人
案几上不曾有一炷香
但香远溢清沁人心脾
我知它来自何处
是氤氤氲氲的古趣
是绵绵密密的真情

2017—09—11

犹如漫卷一场西风
从易安的词间飘来
于是古今同悲的情怀
像飒飒之秋声漫过
像海洋之烈焰燃烧
于是我不是被奴役的
我是主人
是芙蓉山的夜归人
案几上不曾点一炷香
但香还溢清沁人心脾
我知它来自何处
是氤氤氲氲的古趣
是绵绵密密的真情

2017-09-11

秋之黄昏，漫歌

时间好不经用，转眼就是黄昏
我跋涉过千山万水，何处是
柳暗花明？还有多少文字在等

走吧，走吧，黄昏里我不能停顿
只为那炊烟下怅望的眼神
只为那灯火阑珊处的同频人

诵读：陈兵

无语怨东风，奈何时光太匆匆
花开了又谢，燕子去了楼空
秋叶黄，满地霜，人不逢

诗书枯了，秃笔涩了，笑语暗了
红袖香残了，何以遣幽衷？
但种下一颗诗心，秋水里玲珑

2017—10—18

秋之黄昏，漫歌

时间好不经用，转眼就是黄昏
我跋涉过千山万水，何处是
柳暗花明？还有多少文字在等

走吧，走吧，黄昏里我不能停顿
只为那炊烟下期望的眼神
只为那灯火阑珊处的回头人

无语怨东风，奈何时光太匆匆
花开了又谢，燕子去了楼空，
秋叶黄，满地霜，人不逢

诗也枯了，秃笔涩了，笑语喑了
红袖香残了，何以遣幽怀？
但种下一颗诗心，秋水里玲珑

2017-10-18

我藏于我的诗歌中

我藏于我的诗歌中，我的诗歌
来自于我苍茫的疼痛
但它是结痂的伤口
在伤口处，开出一朵罂粟
它是有娇艳的颜色，微量的毒
它是那么温柔，像一只玉手
将神伤意暮之我安抚

但我是在悲凉之雾中微笑
笑红尘之迷茫，人生之无常
我是站在阴暗里仰首穹苍
仰首穹苍之灿烂星光
我深知人生终局，是死，是空
但要在过程中精彩，拒绝平庸

我藏于我的诗歌中

我藏于我的诗歌中，我的诗歌
来自于我苍茫的疼痛
但它是结痂的伤口
在伤口处，开出一朵罂粟
它是有娇艳的颜色，微量的毒
它是那么温柔，像一只玉手
将神伤危暮之我安抚

但我是在忧深之雾中微笑
笑红尘之迷茫，人生之无常
我是站在阴暗里仰首穹苍
仰首穹苍之灿烂星光
我深知人生结局，是死，是生，
但要在过程中精彩，拒绝平庸

我藏于我的诗歌中，藏于
一种无上的无法言说的美好
仿若男女构精妙合而凝
仿若沉陷于一山春和景明
仿若听斑鸠的翠鸣滑入泉水
而疼痛化解于无形

我以诗歌为妙药，为琵琶
以之疗治痼疾，泅渡寂寥
我许之以桃，它报之以李
我望桃之夭夭，它绽灼灼其华
我便藏在它们的蕊中，栖居
我凡俗的肉身，和无依的灵魂

我藏于我的诗歌中，藏于
一种无上的无法言说的美好
仿若男女构精妙合而凝
仿若沉陷于一山春和景明
仿若听斑鸠的翠鸣滑入泉水
而逐渐化归于无形

我以诗歌为妙药，为琵琶
以之疗治痼疾，润渡寂寞
我许之以桃，应报之以李
我望桃之夭夭，它能灼灼其华
我仍藏在它们的蕊中，栖居
我凡俗的肉身，和无依的灵魂

而时光便如被雕刻了一般
留下我的爱与哀愁，梦与屐痕
我是在用纯粹的生命歌唱
我希望我的歌唱
与山风谐音，与流水同频
我希望我的藏身之所
有三秋桂子，有十万亩荷塘

2017—11—23

而时光便如被雕刻了一般
留下我的唇与衣襟，梦与脉痕
我是在用纯粹的生命歌唱
我希望我的歌唱
与山风谐音，与涧水同频
我希望我的藏身之所
有三秋桂子，及十万亩荷塘

2017-11-23

站在文字的山巅

我站在文字的山巅
看大海浩渺，星汉灿烂
看尽人间悲欢
勘破生死，忘情无情
将万事疏淡

唯有婉约的词心
鲜活，临风摇曳
唯有静夜，巨大的
空茫，缓缓降落
九曲之命运
灵魂只能独行
大雪满身，宿白屋中

站在文字的山巅

我站在文字的山巅
看大河浩渺，星汉灿烂
看尽人间悲欢
勘破生死，忘情无情
将万丈陈涘

唯有婉约的闲心
鲜活，临风摇曳
唯有静夜，巨大的
空茫，缓缓降落
九曲之命运
灵魂只能独行
大雪满身，宿白屋中

山高月小，无数波涛
我亦小，荡胸生云霞
仿佛在幻中迷失
仿佛历历的真
不掺半点的假

我站在文字的山巅
仰望那蓝，那蓝
似乎连系着我的童年
一转眼，四十年了
短如一声叹息
只有我的文字
月光下潋滟

2017-12-16

山高月小，无数波涛
我亦小，荡胸生云霞
仿佛在幻中迷失
仿佛历历的真
不掺半点的假

我站在文字的山巅
仰望那蓝，那蓝
似乎连系着我的童年
一转眼，四十年了
短如一声叹息
只有我的文字
月光下激滟

2017-12-16

戊戌帖

冬月廿二日／雪中别故乡／忧伤是什么颜色／清明了，不闻布谷声
母亲的心事／证词／那些白茫茫的往事／取瑟而歌
涉水而去／西湖一瞥／时间是一条无形的河／我以写诗，与另一个自己对话

冬月廿二日

不堪面对，不惑的年岁
不经意，悄然地到来
令人想起淙淙的流水
印了屐齿的苍苔

一夕夕芳菲，一年年憔悴
因为空白，对不出对白
但对孤月、星辉
又有万语千言的隐哀

诵读：陈兵

冬月廿二日

不堪面对，不惑的年岁
不经意，悄然地到来
令人想起匆匆的流水
印了履齿的苍苔

一夕夕梦醉，一年年憔悴
留为空白，对不出对白
但对孤月、星辉
又有万语千言的隐衷

只静静地守着，我在
惊首是春秋的序代
这半世心，烟霜，雪霏
独钓寒江，为谁倾泪

四十年了，四十年飞快
给人遗多少的感喟！
期待一只青鸟，落我窗帷
诉我梦望的神何处逢会

2018—01—08

只静静地守着，我在
惊首是春秋的年代
迎半世心，烟霞，雪霁
独钓寒江，为谁的泪

四十年了，四十年飞快
给人遗多少的感慨！
期待一只青鸟，落我窗帷
诉我梦里的神何处逢去

2018-01-08

雪中别故乡

预报有雪。害怕有雪。果然有雪
只一霎儿，吹绵扯絮般降落
故乡浴在雪中，母亲浴在雪中
父亲浴在雪中，我也浴在雪中
大地一片茫茫，我心也茫茫
将欲登上前途，就此别过故乡
故乡，故乡，渐渐地远了
你可知我的泪肠，我情何伤！
这一片贫瘠的土地，毋宁远离
可远离的梦魂又日夜萦系
我是孤舟，是片叶，是惆怅客
宿命里注定一出出漂泊
在时间的长河，要做多少告别
在一场场告别中要唱多少悲歌

雪中别故乡

预报有雪。害怕有雪。果然有雪
只一霎儿，吹绵扯絮般降落
故乡浴在雪中，母亲浴在雪中
父亲浴在雪中，我也浴在雪中
大地一片茫茫，我心也茫茫
将欲登上前途，就此别过故乡
故乡，故乡，渐渐地远了
你可知我的泪肠，我情何伤！
这片贫瘠的土地，毋宁远离
可远离的梦魂又日夜萦系
我是孤舟，是片叶，是惆怅客
宿命里注定一出出漂泊
在时间的长河，要做多少告别
在一场场告别中要喝多少悲欢

故乡啊，你是童年，是亲人
是我此生永远不忘的祖根
这一场大雪，是为我壮行
唤起我多不落忍的忧伤的抒情
但我会抑制住自己的眼泪
就像从来未经历半点的心灰
故乡啊，你永远住在我心上
我情愿因你，惊醒时惆怅
此去经年，应要完成夙愿
打破愁城，觅那天和清淡
我笃信有那花在丛中笑
我笃信有那人比花还娇

故乡啊，你是童年，是亲人
是我此生永远不忘的祖根
这一场大雪，是为我壮行
唤起我多不舍忍的忧伤的抒情
但我会抑制住自己的眼泪
就像从来未经历半点的心灰
故乡啊，你永远住在我心上
我情愿因你，惊醒时惆怅
此去经年，应要完成夙愿
打破愁城，觅那天和清淡
我写信有那花在丛中笑
我写信有那人比花还娇

故乡啊，我已回望不见你
此刻，你一定浸在银装素裹里
那山，那梁，那沟，那田地
那村，那庄，那路，那庙宇
安静，肃穆，鸡犬之声不闻
我要向你及乡亲道一声珍重！
故乡啊，别了，别了——
你今在雪中，将在我梦中……

2018-02-20

故乡啊，我已回望不见你，
此刻，你一定浸在银装素裹里
那山、那梁，那沟，那田地
那村，那庄，那路，那庙宇
安静，肃穆，鸡犬之声不闻
我要向你及乡亲道一声珍重！
故乡啊，别了，别了——
你今在雪中，将在我梦中……

2018-02-20

忧伤是什么颜色

寂静是一片海，沉默有千斤
忧伤是什么颜色？雾似的
弥漫，拨不开。那一弯月
是谁的低眉？垂视落雪
我是醒着，梦着，回想着
春天。伫立旷野，啸咏苦怅
这一颗心，挂在树上
清风频吹，吹散袅娜月光
人世间，何处邂逅多情注视
且一生不变？怎道在在之
惘然！造化弄人，忧能伤人
我繁复的心事没有着落
倦困如春藤，一个劲延伸

忧伤是什么颜色

寂静是一件事，沉默有千斤
忧伤是什么颜色？雾似的
弥漫，拨不开。那一弯月
是谁的低眉？垂视落雪
我是醒着，梦着，回想着
春天。你去旷野，啃啄苦恼
这一颗心，挂在树上
清风轻吹，吹散袅娜月光
人世间，何处邂逅多情注视
且一生不变？怎道去去之
惘然！造化弄人，忧能伤人
我繁复的心可得了着落
徒困如青藤，一寸动延伸

柔韧的，我期待的眼神
期待冰破，期待云开
期待有个人与我共渡劫波
兀自神游，但不得逍遥
我是一朵浪花，凄凉地哗笑
自然自在其是，我的忧伤
是逼人的绿，是幽咽的埙音
在红尘中飞翔、没落
我需要掩抑下滔滔的悲泪
面对岁月无情的流逝，以及
生命溘然的消殒，莫之奈何
尽力放却，放却那些浮华
放却那些苦厄，向着真与善
而去。忧伤会因之泛白

柔韧的，我期待的眼神
期待冰破，期待云开
期待有个人与我共渡劫波
元与神游，但不论道途
我是一朵浪花，安详地哗笑
自我自在其是，我的忧伤
是逼人的绿，是低吟的埙音
在红尘中飞翔、没落
我需要揩抑下滔滔的悲泪
面对岁月无情的冷漠，以及
生命流逝的消殒，莫之奈何
尽力放却，放却那些浮华
放却那些苦厄，向着真与善
而去。忧伤会因之泛白

到那时，青天之上，会悬挂
一道彩虹，靓丽，缤纷
装饰着你的梦，我的人生
那晶莹透亮的，不是泪珠
是露珠，映照着清新的晨曦
大千世界，我只是一滴
但太阳的光辉，在我怀里
我会写下一段文字，记存
自己的脚印、你的名字

2018-03-09

到那时，青天之上，会悬挂
一道彩虹，靓丽，缤纷
装饰着你的梦，我的人生
那晶莹透亮的，不是泪珠
是露珠，映照着清新的晨曦
大千世界，我只是一滴
但太阳的光辉，在我那里
我会写下一段文字，记存
自己的脚印、你的名字

2018-03-09

清明了，不闻布谷声

惯常地一问，无应
料你已入梦。在深更
我的声音掷向空谷
似风，不能落地生根

我的执念是孤绝的藤
盘绕向青峰、白云
盘绕向飞鸟的翅膀
向着远方，向着空

诵读：陈兵

清明了，不闻布谷声

惯常地一问，无应
料你已入梦，在深更
我的声音掷向空谷
似风，不能落地生根

我的执念是新绝的藤
盘绕向青峰、白云
盘绕向飞鸟的翅膀
向着远方，向着空

行走在崎岖的苦径
未知的尽头，谁等？
我是醒着、梦着
却不能入你梦中

四月天，杨柳烟笼
怎消得恼人的春困
麦苗拔节似的蹿长
清明了，不闻布谷声

2018—04—05

行走在崎岖的苦径
未知的足迹，谁等？
我是醒着、梦着
却不能入你梦中

四月天，杨柳烟岚
怎消得恼人的春困
麦苗拔节似的蹿长
清明了，不闻布谷声

2018-04-05

母亲的心事

一想起母亲的心事
我便夜不能寐
这无可奈何的命运
一边是爱，一边是悲哀

北山上的花开了又谢
母亲一天一个来回
那恹恹的病身
一边是泪，一边是憔悴

诵读：静美

母亲的心事

一想到母亲的心事
我便夜不能寐
这无可奈何的命运
一边是爱，一边是怨叙

北山上的花开了又谢
母亲一天一个来回
那恹恹的病身
一边是泪，一边是憔悴

我多想把欣慰话给她听
可现实终竟苍白
这扰扰攘攘的世间
一边是望，一边是心灰

千里之遥的母亲呀
经历一个又一个天黑
那心事结了茧儿
一边是火，一边是清水

2018—05—08

我多想把欣慰说给她听
可现实终究苍白
这扰扰攘攘的人间
一边是望，一边是心疾

千里之遥的母亲呀
经历一个又一个天黑
那心已结了茧儿
一边是火，一边是泪水

2018-05-08

证词

在这个蓝色的弹珠之上
芸芸众生上演着悲欢离合
我是这众生中的一个
我的悲欢不值一提

连同我自己，是渺小的过客
像一滴雨，落在尘埃里
阴霾天幕上你微笑的面影
渐渐微茫，继而隐去

一想到回首处的空无
一想到参不透的萦绕事
黄河水便静了下来
我不知道是雨水还是泪水
遮住了视线

证词

在这个蓝色的弹珠之上
芸芸众生上演着悲欢离合
我是这众生中的一个
我的悲欢不值一提

直面我自己，是渺小的过客
像一滴雨，落在尘埃里
阴霾天幕上你微笑的面影
渐渐微茫，继而隐去

一想到回首处的虚无
一直到参不透的蒙昧了
黄河便静了下来，
我不知道是雨水还是泪水
遮住了视线

花香远了，石径上
散乱的落叶像一句句残诗
我的步履就这样走了十年
如同滔滔的逝水
一去不复返

但我一直一直仰望星光
期能与这蓝色的弹珠交会
与这弹珠之上的我交会
留下一段
自己光艳活过的证词

2018—06—25

花香远了，石径上
散乱的落叶像一句句残诗
我的步履就这样走了十年
如同滔滔的逝水
一去不复返

但我一直一直仰望星光
期待与这蓝色的星球交会
与这星球之上的我交会
留下一段
自己光艳活过的证词

2018-06-25

那些白茫茫的往事

那些白茫茫的往事
像旷野之凝雪，平林之烟霜
在明月照临的窗子里含
在独钓者的心中藏

真干净呀，真寂静呀
世事一场梦，人生几秋凉
回忆是一条天上来的河
那河水奔腾着苍黄

那些白茫茫的往事

那些白茫茫的往事
像旷野之滩雪，平林之烟霜
在明月照临的窗子里含
在独钓者的心中藏

真干净呀，真寂静呀
世事一场梦，人生几秋凉
回忆是一条天上来的河
那河水奔腾着苍黄

可是还得走，不能停留
即便是前路有灰暗的失望
以沉默面对沉默
将往事倾泻给西江

可岁月飘忽，人事代谢
扣舷独啸，忧伤还那么长
这历历爱的痕迹
刻在北斗的勺柄上

2018—07—17

可是还得走，不能停留
即便是前途有灰暗的失望
以沉默面对沉默
将往事倾泻给西江

可岁月飘忽，人事代谢
扣舷独啸，忧伤还那么长
让历历爱的痕迹
刻在北斗的勺柄上

2018-07-17

取瑟而歌

夜深处，无眠的人——
怀抱寂寥，回望他人的幸福
取瑟而歌，歌夜月未圆
歌仄径上叶落，歌多情之无语

无有谁来和，不见莲女
江上，数峰青，一舟容与
情事多么渺茫，如翔鸥远影
因为不能相知，所以不能相许

一卷词，幽意自不必诉
一遍遍，行草书写尽断肠句
林花谢了春红，胭脂泪痕几重
今年唏嘘又朝明年去

取瑟而歌

夜深处，无眠的人——
怀抱寂寞，回望他人的幸福
取瑟而歌，歌在月未圆
歌从径上叶落，歌多情之无语

无有谁来和，不见莲女
江上，数峰青，一舟寄与
情可多么渺茫，如翩鸥远影
因为不能相知，所以不能相许

一卷词，幽意自不必诉
一遍遍，行草书写尽断肠句
淋笔泼了残红，胭脂泪能几重
今年呜咽又翻明年去

虽说有寄，人伦之空虚难拒
时常陷入于不忍之羁旅
悠悠南山，谁与登高
一蓑烟雨，谁与东篱下种菊

斯夜，灵魂憧憧踯躅
以长歌，或啸咏，表达哀哭
表达绝望，对命运的诘问
像痛怀之海鲸，掀起浪花无数

2018—08—23

虽说有寄，人似之与虚难拒
时常陷入于不思之羁旅
悠悠南山，谁与登高
一蓑烟雨，谁与东篱下种菊

斯夜，灵魂憧憧踯躅
以长歌，或啸吟，表达哀哭
表达绝望，对命运的诘问
像痛怀之海鲸，掀起浪花无数

2018-08-23

涉水而去

尘纷太扰，会生诸多烦恼
欲将涉水而去，于清凉地栖居
秋水长天，落霞孤鹜
不要说此一颗心安放无处

性高寡者，会有天地寂寞
与不知名不可道的空虚
在漂泊的命运里，取瑟而歌
歌尽奈何，歌尽寥廓之哭

游水而去

尘纷与扰，会生许多烦恼
欲将游水而去，可清净地移居
秋水长天，落霞孤鹜
不要说此一颗心安放无处

性高寡者，会与天地共空
与不知名不可道的玄虚
在漂泊的命运里，弹琴而歌
歌是奈何，歌是寥廓之哭

涉水而去，不辞千里烟波
如闲云野鹤，奔望酒朋诗侣
如兰亭雅会，流觞曲水
倾尽人间豪放与婉约，醉去

涉水而去，不辞陋室清寂
与山水为伴，虫鸟为伍
忘言，忘情，与道同道
有万千景象在尘外之心上住

2018—09—24

涉水而去，不辞千里烟波
如闲云野鹤，希望还用诗侣
如兰亭雅会，流觞曲水
仰，尽人间豪放与婉约，醉去

涉行而去，不辞陋室清寂
与山水为伴，虫鸟为伍
忘言，忘情，与道同适
有万千景象在尘外之心上住

2018-09-24

西湖一瞥

西子湖，我来时，桂花正香
馨香里掺和着翠绿的清凉
于万千人中，我最孤独
孤独之我瞥视你水波的浩茫

太匆匆了，转眼一道夕阳
铺在水上荷上，铺在我心上
我来不及细瞅你的淡抹或浓妆
来不及细揣我的思量或暗伤

西湖一瞥

西子湖，我来时，桂花正香
馥香里掺和着墨绿的清凉
于万千人中，我最孤独
孤独之我瞥视你水波的浩茫

太匆匆了，转眼一道夕阳
铺在水上荷上，铺在我心上
我来不及细瞅你的淡抹或浓妆
来不及细揣我的思量或暗伤

杨柳依依，若柔荑浣纱裳
临水拂起圈圈涟漪阵阵清扬
清风徐来，吹我不舍的情怀
将一腔诉说搁浅成断桥的怅望

西子湖，我去时，华灯齐放
我只能以一瞥作别你潋滟目光
你可听到黄河岸边客子的心声
是怎样的语无伦次的歌唱?

2018—10—06

杨柳依依，为柔黄浣纱裳
临水拂绕圈圈涟漪阵阵清扬
清风徐来，吹我不去的情怀
将一腔诗说搁浅成断桥的眺望

西子湖，我去时，华灯齐放
我只能以一声作别你潋滟目光
你可听到黄河岸边学子的心声
是怎样的语无伦次的歌唱？

2018-10-06

时间是一条无形的河

时间，茫无际涯，绵延不绝
一去不返，如长河，带走曾经
正带走现在，也带走将来
带走爱，带走恨，带走生死

走哩走哩者失散了，不见了
走哩走哩者日暮了，客愁了
已不止十里长亭，寒山伤心碧
痛定之后，长歌当哭兮！

时间是一条无形的河

时间，茫无际涯，绵延不绝
一去不返，如长河，带走曾经
也带走现在，也带走将来
带走爱，带走恨，带走生死

走哩去哩春失散了，不见了
去哩去哩秋日暮了，分离了
已不出十里长亭，寒山伤心碧
阳关之后，长歌当哭兮！

这命运，在时间的河里浮沉
回首多少个秋，迎来多少个春？
沿途多少帧风景？——
停留了赏悦了记录了不可忘！

生命的舟，要划向未知的河
在当下，此刻，活出分分欢喜
多少次散场，忘记了忧伤
多少次泪落，只因同频的弦音

2018-11-01

这命运，在时间的河里浮沉
回首多少个秋，迎来多少个春？
沿途多少帧风景？——
停留了赏悦了记录了不可忘！

生命的舟，要划向未知的河
在当下，此刻，活出万分欢喜
多少次欢畅，忘记了忧伤
多少次泪落，只因固执的弦音

2018-11-01

我以写诗，与另一个自己对话

一个人，应该有另一个分身吧
他是有另一样面目，另一样性情
他是喜，是悲，是笑，是泪
他站在我的对立面，又如影随形

在无眠的深夜，他会跳出来
似有什么话要说，我却无言以对
于是写诗，这应是他懂的语言
曲陈幽秘的心事，若小溪蜿蜒

我以写诗，与另一个自己对话

一个人，应该有另一个分身吧
他是有另一样面目，另一样性情
他是喜，是悲，是笑，是泪
他站在我的对立面，又如影随形

在无眠的深夜，他会跑出来
似乎有什么话要说，我却无言以对
于是写诗，这应是他懂的语言
曲陈郁积的心事，若小溪蜿蜒

他回馈我，敬我杯酒，遗我欣慰
他赐我稍纵即逝的跳荡的灵感
于是，我便与他西窗下剪烛夜谈
天地，古今，人情，物理……

他若山鬼，有时出现在我梦中
携我一瓢沧海水，或一段巫山云
饮木兰之坠露，餐秋菊之落英
他具有灵性，引领我飞升

2018—12—15

他回馈我，教我怀远，遣我怡悦
他赐我精纵即逝的跳荡的灵感
于是，我便与他西窗下剪烛夜谈
天地，古今，人情，物理……

他若山鬼，有时出现在我梦中
携我一叶沧海行，或一睹巫山云
饮木兰之坠露，餐秋菊之落英
他具有灵性，引领我飞升

2018-12-15

己亥帖

故乡犹如嵌在我心上的一个名词 / 雨水 / 春来迟 / 我感觉到时间穿过我的身体
看自然的风吹过蔷薇 / 雪莲 / 荷开荷落 / 咏而归
在河流之上，认取生命的模样 / 美丽只是瞬间 / 在黑暗中 / 长路

故乡犹如嵌在我心上的一个名词

月亮来看我时，我正念起故乡
我寂静的残缺的苍凉的故乡
我久别的泪肠的销魂的故乡
我曾经想远离如今回不去的故乡

故乡犹如嵌在我心上的一个名词
那么近又远，那么亲切又陌生
或者不，它应该更像一方拓印
钤在我的骨骼上，风雨不能剥蚀

诵读：陈兵

之于故乡，我已有若个路人了
但多少年前的面孔历历如在眼前
多少年前的骡铃声声清响耳畔
多少年前的旧事帧帧连放不断

这是塞上的夜，这是湖城的月

故乡犹如镌在我心上的一个名词

月亮来看我时，我正念起故乡
我寂静的残缺的苍凉的故乡
我久别的泪肠的销魂的故乡
我曾经去远离如今回不去的故乡

故乡犹如镌在我心上的一个名词
那么近又远，那么亲切又陌生
或者不，它应该更像一方拓印
钤在我的骨骼上，风雨不能剥蚀

之于故乡，我已有若个路人了
但多少年前的面孔历历如在眼前
多少年前的骡铃声声清响耳畔
多少年前的旧事帧帧连结不断

可是我多么想逃离，到故乡的夜里
到故乡的月下，到故乡的怀中
我可以数着星星、枕着青草入睡

故乡啊，我不敢唤起你的名字
我怕惊动了我的乡愁，泛滥成灾
而不可收拾。可是千万里
萦怀不去的，还是你的影子

月亮别我去时，故乡也隐退了
我应该向它道声晚安，道声晚安
向着它的黄土、草木、河流
向着我的童年、乡党、亲人

2019—01—05

这是塞上的夜，这是湖城的月
可是我多么想逃离，到故乡的村里
到故乡的月下，到故乡的怀中
我可以数着星星、枕着青草入睡

故乡啊，我不敢唤起你的名字
我怕惊动了我的乡愁，泛滥成灾
而不可收拾。可是千万里
萦怀不去的，还是你的影子

月亮别我去时，故乡也隐退了
我应该向它道声晚安，道声晚安
向着它的黄土、草木、河流
向着我的童年、乡党、亲人

2019-01-05

雨水

潜入夜深处，潜入枯木
潜入腠理，潜入无澜的孤心
是雨水，丰沛的磅礴的
雨水，那么沁润，了无痕

我看见了你圆而小的影身
我听见了你如泣诉的籁音
纤秾，清透，波及魄魂
仿佛锱铢，仿佛千钧

雨水

潜入夜深处，潜入枯木
潜入腠理，潜入无澜的孤心
是雨水，丰沛的磅礴的
雨水，那么沁润，了无痕

我看见了你圆而小的影身
我听见了你如泣诉的颤音
纤细，清透，浮及魄魂
仿佛锱铢，仿佛千钧

雨水，你来了，你来了
裹挟着无限的清凉和热情
你把这干涸的大地浇漓
你把自己融入并消泯

我的河床于是鲜活起来
又是一幅鸢飞鱼跃的光景
一湾水，便是一壶醉
清凌凌火辣辣把人浸淫

2019—02—03

雨水，你来了，你来了，
裹挟着无限的清凉和热情
你把这干涸的大地浇满
你把自己融入并清泓

我的河床于是鲜活起来
又是一幅鸢飞鱼跃的光景
一湾水，便是一壶醇
清凌凌火辣辣把人浸淫

2019-02-03

春来迟

春草的碧色还没有来
你更在碧色之外
古道边依旧是顾盼的眼睛
将那水与天望尽

有斜阳处便有春愁
系着你的红巾翠袖
那么多的人都是槛外人
园里的春色一日比一日深

2019—03—27

春来迟

春草的碧色还没有来
你要在碧色之外
古道边依旧是顾盼的眼睛
待那时与之驻足

只斜阳外便有春秋
系着你的红巾翠袖
那么多的人都是槛外人
园里的春色一日比一日深

2019-03-27

我感觉到时间穿过我的身体

时间，无形之水，无形之剑
黑暗中，我感觉到它穿过我的身体
然后扬长而去，永不回头

我惮于用时间丈量我的人生
仿佛不及的梦，仿佛一切都来不及
但又何必缅怀过往的无遇

我的心灵只有与诗语相通
而现世花朵的开落，纯任自然
我不牵绊，不曾为之流一滴悲泪

我感觉到时间穿过我的身体

时间，无形之物，无形之剑
黑暗中，我感觉到它穿过我的身体
然后拂袖而去，永不回头

我掰手用时间丈量我的人生
仿佛不及的梦，仿佛一切都来不及
但又何必缅怀过往的无望

我的心灵早已与诗语相通
而现世花事的开落，她任自然
我不牵绊，不曾为之流一滴悲泪

时间啊，一何轻，一何无情！
我不能承受这轻，这无情
裹挟在苍茫洪流中看不清天真

听一片叶子坠地的声音
它意味着消长，又意味着生死
谁不要归去？但要画下美丽的痕迹

2019—04—16

时间啊，何其轻，何其无情！
我不能承受这轻，这无情
裹挟在苍茫浩淼中看不清天真

听一片叶子坠地的声音
它意味着消亡，又意味着生死
谁不要归去？但要画下美丽的忆迹

2019-04-16

看自然的风吹过蔷薇

这市井车来车往，人流熙攘
欲望勾织成恢恢的罗网
我只愿看云，看水
看自然的风吹过蔷薇

这世间瞬时有多少生灭
谁在混沌以生，谁在慷慨悲歌
厌听喧嚣之无孔不入
我只想静，得诗书之古趣

可万丈红尘千秋的心
声如虎啸，收几叠谷鸣？
终究要守望独立精神的家园
种花，种草，种下合欢

2019—05—11

看自然的风吹过蔷薇

这市井车来车往，人流熙攘
欲望的织就恢恢的罗网
我只愿看云，看水
看自然的风吹过蔷薇

这世间瞬时多少生灭
谁在混沌此生，谁在慷慨悲歌
厌听喧嚣之无孔不入
我只去静，浮诗出之古乡

可万丈红尘千秋的心
声如虎啸，谁几度容鸣？
须先要守望独立精神的家园
种花，种草，种下合欢

2019-05-11

雪莲

再没有比这更高的山巅
裸露的岩石托举出洁白的雪莲
梦中的雪莲，幻中的雪莲
风中的雪莲，灵魂的家园

只盛开上一朵，众山便小了
云在脚下，伸手即是蓝天
那胜雪的瓣儿更像翅膀
应是以飞翔的前世降临人间

雪莲

再没有比这更高的山巅
裸露的岩石托举出洁白的雪莲
梦中的雪莲，幻中的雪莲
风中的雪莲，灵魂的家园

只要再上一步，众山便小了
云在脚下，伸手即是蓝天
那胜雪的花瓣儿更像翅膀
应是以飞翔的姿态降临人间

再没有比这更美的娇艳
玲珑的姿态摇曳出玉色的光环
只可远观却不可亵玩
是它呀，万仞之上的雪莲！

让尘纷纷纷坠落于幽渊
绝世而独立，藐姑射之仙
任寂静的芬芳穿过松涛与云层
抵达那深院，多情人的心田

2019-06-04

再没有比这更美的娇艳
玲珑的姿态，摇曳出玉色的光环
只可远观却不可亵玩
是它呀，万仞之上的雪莲！

让尘缘纷纷坠落于深渊
绝世而独立，藐姑射之仙
任寂静的芬芳穿过松涛与云层
拂过那深院，有情人的心田

2019-06-04

荷开荷落

这一池止水，全被荷叶
占满了，是荷系社会
生命在季节上演生死轮回
有的盛开，有的萎落

那么大的荷叶，托举着
荷花的残骸，庄严，肃静
像是绿色手掌，托举着
熟睡之婴儿，是甸甸母爱

诵读：陈兵

荷开荷落

这一池止水，全被荷叶
占满了，是荷系社会
生命在季节上演生死轮回
有的盛开，有的萎落

那么大的荷叶，托举着
荷花的残骸，庄严，肃静
像是绿色手掌，托举着
熟睡之婴儿，是甸甸母爱

这震撼心灵的伟大的美
绿与白相间出玉的光辉
在水上，濯清涟不妖
引远观者生无限垂怜

盛开荷是萎落荷的昨天
萎落荷是盛开荷的明天
万物，亦如此般消长
荷残了时，请勿悲伤

2019—07—16

这震撼心灵的伟大的美
绿与白相间生出的光辉
在水上，濯清涟不妖
引起观者生无限垂怜

盛开荷是萎落荷的昨天
萎落荷是盛开荷的明天
万物，亦如此般消长
荷残了时，请勿悲伤

2019-07-16

咏而归

无法安慰的这诗国的秋色
在我的内心里深浓
不能平复的，是无所之
无何依的脚迹和行止

在空荡的天地，我能听见
自己的回音，撞击云翳
大河浩浩奔流、远上
是澎湃的酣畅的抒情

咏而归

无法安慰的追诗园的秋色
在我的内心里浮游
不能平复的，是无所之
无何有的脚迹和行止

东方，荒的土地，我能听见
自己的回音，撞击云际
大河浩浩奔流、远上
是澎湃的丽物的抒情

我把肉身隐藏于林间
躲避高天艳阳与人世仓皇
但我不能舒啸，胸中的
块垒兀自如如不灭

顶上穹苍，蓝色多么美丽
我仰望一念，烈焰成池
抛却三千烦恼，退步向前
于高高山上，咏而归

2019-08-25

我把肉身隐匿于林间
躲避高天艳阳与人世仓皇
但我不能静啸，胸中的
块垒兀自如如不减

陌上穹苍，蓝色为此美丽
我们坐一会，互倚依他
抛却三千烦恼，迈步向前
于高高山上，啸而归

2019-08-25

在河流之上，认取生命的模样

一年年地叶黄，一年年地人老
不觉秋深了几许，霜降了几重
心灵需要强韧到何种程度
才能于日暮时面向天涯

大千世界，每一生物为活营营
无论小大精粗，都有悲欢离合
这蛇啮的命运似无可改裁
岂未种下美好？而田园荒芜

诵读：静美

在河流之上，认取生命的模样

一年年地叶黄，一年年地人老
不觉秋深了几许，霜降了几重
心灵需要修剪到何种程度
才能于日暮时面向天涯

大千世界，每一生物为活营营
无论小大精粗，都有悲欢离合
这些口齿的命运似乎无可改栽
岂未种下美好？而田园荒芜

在河流之上，认取生命的模样
人海中的孤独，兰絮的空虚
破除我执，忘却镜花水月
忘却西风吹散楼头飞雪

谁在梦外？都要客子般离别开
唯有这渠水，昼夜奔竞不舍
带走人影，带走一切有情
归于远，归于无，归于初

2019-09-28

在河流之上，认取生命的模样
人海中的孤独，三界的无虚
破除我执，忘却镜花水月
忘却西风吹散楼头飞雪

谁在梦外？都要分手离别开
唯有逝流水，是在奔竞不舍
带去人影，带去一切有情
归于远，归于无，归于初

2019-09-28

美丽只是瞬间

一生太短，哪有永远
而美丽只是瞬间，只是一念
世界匆匆，一切都容易消逝
把捉不住，不容怜惜

在高楼，在街边，在人群
觉我非我，恍若隔世身
所有的曾经不是曾经，是梦
所有的现在不是现在，是风

美丽只是瞬间

一生太短，哪有永远
而美丽只是瞬间，只是一念
世界匆匆，一切都容易消逝
把握不住，不容怜惜

在高楼，在街边，在人群
觉我非我，恍若隔世身
所有成为经不是曾经，是梦
所谓的现在不是现在，是风

众生营营，跳跶，在路上
有多少思量，就有多少迷惘
那些意义，或许不是意义
那些苦痛，或许不值一提

十万万恒河沙数，一我为小
三十三天，离恨天最高
一生太短，美丽只是瞬间
只有永远的消逝，一去不返

2019—10—29

众生营营，蹦跶，在路上
有多少思量，就有多少迷惘
那些意义，或许不是意义
那些苦痛，或许不值一提

十万万恒河沙数，一我为小
三十三天，离恨天最高
一生太短，美丽只是瞬间
只是永远的消逝，一去不返

2019-10-29

在黑暗中

在黑暗中，我拥有
一个自由自在的灵魂
不问活过的意义
不究风动还是幡动
不惑前路的迷雾几重

在黑暗中，有时候
绝望来叩门，我作哑装聋
以示屋内无人，其实
我独得思想的喜悦
不怕槛外的草木委顿

在黑暗中

在黑暗中，我拥有
一个自由自在的灵魂
不问活过的意义
不究风动还是幡动
不惑前路的迷雾几重

在黑暗中，有时候
绝望来叩门，我作哑装聋
以示屋内无人，其实
我独得思考的喜悦
不怕槛外的草木萎顿，

在黑暗中，有无限的
爱与不爱，丰富和空洞
似将短暂纳入永恒
或者在幽谷，或者在高崖
其间有至纯粹的人生

2019—11—20

在黑暗中，有无限的
爱与不爱，丰富和空洞
似将短暂纳入永恒
或者在幽谷，或者在高崖
其间只是纯粹的人生

2019-11-20

长路

从前之我岂料现在之我
现在之我若揭将来之我

那么深的岁月，那么多的蹉跎
江河日远，无可如何

这孤独长长，有巨大的悲欢
我饮下浊酒，藏起万千语言

而命运轻轻，踏雪无痕
独钓者将何处与知友相逢？

长路

从前之我岂料现在之我
现在之我岂揣将来之我

那么深的岁月，那么多的蹉跎
江河日远，无可如何

这孤独长长，有巨大的悲欢
我饮下浊酒，藏起万千语言

而命运轻轻，踏雪无痕
独钓者何处与知友相逢？

四十年生世，一眼看透宿命
木犹如此，年年绿，不惧凋零

那么高远的天，有鸟的飞鸣
那么崎岖的路，有我的身影

2019—12—22

四十年生世，一眼看透物而
本就好去，年年绿，不惧凋零

那么高远的天，只鸟的飞鸣
那么崎岖的路，有我的身影

2019-12-22

庚子帖

立在故乡的风中／大雪无垠／命运／暮春记
李清照的爱与哀愁／凉／一生匆匆／听水
远道／残缺是生活的本来面目／时光在飞／梦境

立在故乡的风中

故乡已无我少年身
少年的心事何处寻？
只有回忆在风中

往来已经多少回
人事代谢多少轮
慨叹岁月太匆匆！

这黄土养育多少人
送走多少人
埋下多少人

立在故乡的风中

故乡已无我少年身
少年的心事何处寻？
只有回忆在风中

往来已经多少回
人事代谢多少轮
慨叹岁月太匆匆！

这黄土养育多少人
送走多少人
埋下多少人

当初的恨有多深
如今的爱就有多深
我的泪如泉涌……

故乡啊故乡
我立在故乡的风中
万千的情愫压得我心疼！

归来依然要远去
向故乡道一声珍重
愿春来花发千重

2020—01—30

当初的恨有多深
如今的爱就有多深，
我的泪如泉涌……

故乡啊故乡
我立在故乡的风中
万千的情愫压得我心疼！

归来假终要还去
向故乡道一声珍重
愿春来花发千重

2020-01-30

大雪无垠

大雪无垠，掩盖不住人类的不幸
掩盖不住城市的空旷
掩盖不住，我无法收拾的孤独
和万箭攒心的悲怆
大雪无垠啊，大雪无垠！
无垠的大雪令高原唯余莽莽
我是在雪中，漫无所之
踩着雪的尸骸，不知希望何方

人生是一条漫长而短促的路
充满着崎岖、辛酸和无常
人生之不如意十常八九
像雪一样，像雪一样茫茫！
但谁又曾一味地陷入绝望中
放弃了开枝散叶倔强生长？

大雪无垠

大雪无垠，掩盖不住人类的不幸
掩盖不住城市的空旷
掩盖不住，我无法收拾的孤独
和万箭攒心的悲怆
大雪无垠啊，大雪无垠！
无垠的大雪令高原唯余莽莽
我是在雪中，漫无所之
踩着雪的尸骸，不知奔望何方

人生是一条漫长而短促的路
充满着崎岖、艰险和无常
人生之不如意十常八九
像雪一样，像雪一样茫茫！
但谁又曾一味地陷入绝望中
放弃了开枝散叶继续生长？

但谁又曾永远地怀抱不幸
放弃了沐浴明丽阳光？

大雪无垠，绝不因人类的不幸
而减却一分白、一分安详
但在这无垠的天地中
我看到殷红的悲哀洇染的殇
我看到因果铮铮的事实
血泪斑斑堂而皇之地登场
大雪无垠，无垠的大雪依然无情
但是人间，依然具有古道热肠

天地无垠兮，大雪纷纷扬扬
大雪无垠兮，原驰如蜡象
人类需要与天地和谐共生
天地才会给人类有情的颐养

2020—02—01

但谁又曾预运地怀抱不幸
放弃了沐浴明丽阳光？

大雪无垠，绝不因人类的不幸
而减却一分白、一分安详
但在这无垠的天地中
我看到鲜红的悲哀洇染的殇
我看到因果铮铮的事实
血泪斑斑堂而皇之地登场
大雪大垠，无垠的大雪依然无情
但是人间，依然具有古道热肠

天地无垠兮，大雪纷纷扬扬
大雪无垠兮，原驰如蜡象
人类需要与天地和谐共生
天地才会给人类有情的顾眷

2020-02-01

命运

命运总是有起落
比起生死，又能算什么
这人间的舞台上演的人生
精彩或庸常都会谢幕
生旦净末丑，唱念和做打
观众是明了的，你看——
这戏，乱哄哄你方唱罢我登场
反认他乡是故乡！
我也是演员，我也是看客
我退步抽身，看到狰狞面
可叹！那肚皮后面的万道山
那真相滑稽到极点
但我坦然、欣然
我将大笑，我将歌唱

命运

命运总是有起落
比起生死，又能算什么
这人世的舞台上演的人生
精彩或庸常都会谢幕
生旦净末丑，唱念和做打
观众是明了的，你秀——
这戏，乱哄哄你方唱罢我登场
反认他乡是故乡！
我也是演员，我也是看客
我退步抽身，看到狰狞面
可叹！那肚皮后面的万道山
那真相滑稽到极点
但我坦然、欣然
我时大笑，我时歌唱

做一棵野草，染绿那荒郊野外
在潜渊的暗黑中积蓄能量
在四季的交替中元亨利贞
忘却那营营，忘却阳世三间
大风是怎么摧折秀木
洞明世事，练达人情
以无为之心做有为之事
笑那可笑，容那能容
一定有水村山郭和柳暗花明
让该去的去，该来的来
阴阳惨舒，一切均有权变
无常乃世事之常。你且看它
看它是怎么个因果
但我坦然、欣然
我将大笑，我将歌唱！

2020—03—24

做一棵野草，染绿那荒郊野外
在潜渊的暗里中积蓄能量
在四季的交替中元亨利贞
忘却那营营，忘却阴与之间
大风是怎么摧折秀木
洞明世事，练达人情
以无用之心做有为之事
笑那可笑，容那能容
一定是水村山郭和柳暗花明
让该去的去，该来的来
阴阳惨舒，一切均是权变
无常乃世间之常。你且看它
看它是怎么个因果
但我坦然、欣然
我将大笑，我将歌唱！

2020-03-24

暮春记

一个人需要渡过多少阴霾
才能拨云见日；需要面对多少不堪
才能柳暗花明。春景与心境相悖
这无法诉说的怅惘和无可替代的悲哀
就像杨花柳絮，万点成海

希望是无所谓有无所谓无的
但无望之生就是不涉大川
天涯涕泪一身遥，拔剑四顾心茫然
真的猛士，将在沉默中获得充实
将从歌哭中获得自由

暮春记

一个人需要渡过多少阴霾
才能拨云见日；需要面对多少不堪
才能柳暗花明。春景与心境相悖
这无法诉说的怅惘和无可替代的思念
就像杨花柳絮，万点成海

希望是无所谓有无所谓无的
但无望之生就是不涉大川
天涯涕泪一身遥，拔剑四顾心茫然
真的猛士，将在沉默中获得充实
将从黝黑中获得自由

一切都在消逝，都在远离，比如
那逝去的悲凉缥缈的青春
已无处寻，而身中的迟暮不堪掷！
没有爱憎和哀乐，没有声音和颜色
只有僵坠之蝶和鹃的啼血

2020—04—15

一切都在消逝，都在远离，比如
那逝去的悲凉缥缈的青春
已无处寻，而身中的迟暮不堪挪！
得有爱憎和哀乐，没有声音和颜色
只有僵坠之蝶和鹃的啼血

2020-04-15

李清照的爱与哀愁

那个嗅青梅的女子，该有
多么美好的青春，在倚门回首
那个藕花深处的女子，争渡
惊起一滩的鸥鹭，而暗香盈袖
那个独上兰舟的女子，相思
满西楼，才下眉头，却上心头
那个睡起情悄悄的女子，不问
海棠依旧，只道绿肥红瘦

诵读：静美

她是李清照，宋代词人
她的词是一坛绵柔婉约的清酒
醇香飘万里，遗韵越千年
陶写尽人间的甘苦、爱与哀愁
烈烈才情，嚣嚣乱世，颠沛流离
词论有胆识，后序含罹忧

李清照的爱与乡愁

那个嗅青梅的女子，该有
多么美好的青春，在倚门回首
那个藕花深处的女子，争渡
惊起一滩的鸥鹭，而暗香盈袖
那个独上兰舟的女子，相思
满西楼，才下眉头，却上心头
那个睡起情悄悄的女子，不问
海棠依旧，只道绿肥红瘦

她是李清照，宋代词人
她的词是一坛绵柔婉约的清酒
醇香飘万里，遗韵越千年
陶写人间的甘苦、爱与乡愁
烈女才情，累累身世，颠沛流离
词论与胆识，后序含罹怅

而一颗文心不死，以翔舞之姿
在两宋的天空上挥毫云游

昔日天真少女，昔日琴瑟和鸣
今日风霜老妇，今日遇人不耦
终究是寻寻觅觅，冷冷清清
凄凄惨惨戚戚，把个幽窗儿独守
终究是风住尘香花尽，倦梳头
物是人非事事休，病愁难托舴艋舟
易安居士，女儿身，具丈夫情怀
千古而下，芳词著，芳名留

2020—05—17

而一颗女心不死，以翱翔之姿
在两宋的天空，上挥毫云游

昔日天真少女，昔日琴瑟和鸣
今日风霜老妇，今日遇人不淑
终究是寻寻觅觅，冷冷清清
凄凄惨惨戚戚，把个西窗儿独守
终究是风住尘香花已尽，倦梳头
物是人非事事休，病愁难托舴艋舟
易安居士，女儿身，丈夫情怀
千古而下，芳词著，芳名留

2020-05-17

凉

不忙，不慌，只身纳着这凉
风来，风去，吹去多少惆怅
暂时不听不想，放空自己
倚栏，看一渠波光流淌

难得这夏凉，仿佛在秋上
仿佛又在心上，有欢喜声响
不紧，不慢，轻轻地漫
不急，不躁，悄悄地漾

诵读：陈兵

凉

不忙，不燥，只身纳着这凉
风来，风去，吹去多少惆怅
暂时不听不想，放去自己
倚栏，看一渠秋光流淌

难得这夏凉，仿佛在秋上
仿佛又在心上，有欢喜声响
不紧，不慢，轻轻地漫
不急，不躁，悄悄地漾

它是倾泻下来，如灯光的昏黄
它是和渠水交会，互诉衷肠
它是可见的，可触摸的——
在灯下，在水上，在桥旁

不禁耽着这凉，它韵味深长
携着自然的风息，画梅花的妆
抵达肺腑，有多少惬意
是浣女，织一件带水的衣裳

2020—06—23

它是倾泻下来，如灯光的昏黄
它是和渠水幽会，互诉衷肠
它是可见的，可触摸的——
在灯下，在水上，在桥旁

不禁耽着追凉，也韵味深长
携着自然的风息，直梅花的快
抵达肺腑，与每分惬意
呆浣女，织一件带水的衣裳

2020-06-23

一生匆匆

纷纷芸芸的世事，千千万万的人
都因何奔忙，忘记了停顿？
雨湿了我酒心，困坐一片孤城
待不到故人来，又是黄昏
黄昏有河流的颜色，夏天的葱茏
误去了多少时光？耻于被问
在深沉夜做不堪的梦，醒时怔怔
你越是爱，就越是苍凉，越是空

一生匆匆

纷纷芸芸的世事，千千万万的人
都因何奔忙，忘记了停歇？
雨湿了我的心，因生一片孤寂
待不到故人来，又是黄昏
黄昏与河流的颜色，夏天的蔷薇
误去了多少时光？耻于被问
在深沉夜做不堪的梦，醒时怅惘
你越是爱，就越是苍凉，越是苦，

人世几回伤往事，逃不开命运
你的，应是那最暗淡的星辰？
这城市一如既往地繁华和空洞
我守着我的城池，不愿曳尾涂中
那么多深情都付与风付与风
那么多芳尘都不知踪不知踪
只觉得朝匆匆暮匆匆一日匆匆
只觉得生匆匆死匆匆一生匆匆

2020—07—19

人世几回伤往事，逃不开命运
你的，应是那最暗淡的星辰？
这城市一如既往地繁华如空洞
我守着我的城池，不愿收尾落中
那么多深情都付与风付与风
那么多芳尘都不知踪不知踪
只觉得朝匆匆暮匆匆一日匆匆
只觉得生匆匆死匆匆一生匆匆

2020-07-19

听水

水是无声的，岂堪听？
这无法收拾的秋心
这无法收拾的秋心
一任它波转，一任它粼粼

河水不舍昼夜，流不停
带走了多少深情
带走了多少深情
十一年踪迹，青苔上印

听水

水是无声的，岂堪听？
这无法收拾的秋心
这无法收拾的秋心
一任它流转，一任它粼粼

河水不舍昼夜，流不停
带走了多少深情
带走了多少深情
十一年踪迹，青苔上印

各有各因缘，不必说不幸
听一渠水多么静
听一渠水多么静
人人皆过客，但求曾经

月还是那月，星还是那星
今人已难复旧时影
今人已难复旧时影
心随水去，秋声如一叶风轻

2020—08—08

各有各因缘，不必说不幸
听一渠水多么静
听一渠水多么静
人人皆过客，但求曾经

月还是那月，星还是那星
今人已难复旧时影
今人已难复旧时影
心随水去，秋声如一叶风轻

2020-08-08

远道

我不知将来的远道
是否布满了鸟鸣和青草
我不知我的肉身
能否高高山上立深深海底行
但我欠我人生三十年行走
如今却在这愁城中羁留
过去多少蹉跎而过去已死
未来多少未知未来可期

远道

我不知時来的远道
是否布满了鸟鸣和青草
我不知我的肉身
能否高高山上至深深海底行
但我欠我人生三十年行走
如今却在这县城中羁留
过去多少蹉跎而过去已逝
未来多少未知未来可期

而苍茫茫的远道
延伸至海枯石烂天荒地老
途中有寥廓也有逼仄
有晴明也有雨色
而我要夙兴夜寐风餐露宿
朝那个应许地跋涉去
那里应该有一片隐秘的山林
可栖居我倦怠的魂灵

2020-09-16

而苍茫茫的远道
延伸至海枯石烂天荒地老
途中有穹廊也只通天
有晴明也有雨色
而我要风尘仆仆风餐露宿
朝那个应许地跋涉去
那里应该有一片隐秘的山林
可栖居我倦怠的魂灵

2020-09-16

残缺是生活的本来面目

残缺是生活的本来面目
活着的人要对它修修补补
即使知道真相，即使不得圆满
也还要继续行去
一如蜜蜂，一如蝼蚁
且不问其间的意义

选择意味着放弃
谁知道对错？命运如何取与？
这残缺面容上荒冷的人生
只不过是刍狗，在蹈舞
冰山下潜藏着炽热的岩浆
需要有一颗行星冲撞

2020-10-08

残缺是生活的本来面目

残缺是生活的本来面目
活着的人要对它修修补补
即使知道真相，即便不得圆满
也还要继续下去
一如蜜蜂，一如蝼蚁
且不问其间的意义

选择意味着放弃
谁知道对错？命运如何赋与？
在残缺面前上演的人生
只不过是刍狗，在跳舞
冰山下潜藏着炽热的岩浆
需要有一颗行星冲撞

2020-10-08

时光在飞

时光在飞，你时常感不到
它的飞快，等感到了时
已是日薄西山，已是天黑

他人们都在时光里酝酿着变
不变是你，始终如一片叶
飘零，而没有归根！

时光在飞，你根本看不到
它的翅膀，然而，它在飞翔
飞翔里你跟着憔悴、沧桑

时光在飞

时光在飞，你时常感不到
它的飞快，等感到了时
已是日薄西山，已是天黑

他人们都在时光里酝酿着梦
不像是你，始终如一片叶
飘零，而没有归根！

时光在飞，你根本看不到
它的翅膀，然而，它在飞翔
飞翔里你跟着憔悴、沧桑

每一个人有一个人的不幸
各自的不幸无可取代
在飞逝的时光中，揩拭悲泪

远去的已然远去，该来的
还在路上，没有的注定没有
而时光在飞，一如既往

2020—11—15

每一个人有一个人的不幸
各自的不幸无可取代
在飞逝的时光中，揩拭悲泪

逝去的已然逝去，该来的
还在路上，得到的注定没有
而时光在飞，一如既往

2020-11-15

梦境

只见她一个侧影，便想到桃花
此门中，我是个陌生人
不得不离开，那低头的温柔
像一道弯月隐不去光艳首
这沉重的肉身，却突然能飞升
飞升在空谷之上，一览大千气象
春和景明，日暖花开，那么美
我瞻顾的人影，莞尔视我
化成竹木，优雅地端坐于崖畔上

诵读：陈兵

梦境

只见她一个侧影，便想到桃花
此门中，我是个陌生人
不得不离开，那低头的温柔
像一道弯月隐不去光艳首
这沉重的肉身，却突然能飞升
飞升在云谷之上，一览大千气象
春和景明，丹曙花开，那么美
我瞻顾的人影，莞尔视我
化成竹木，优雅地端坐于崖畔上

而我似贪恋更广阔的风景
化作长虹，横跨于山涧的两端
山涧里有流泉，有百草
有梅花鹿，有雾岚缭绕着的人家
分明是仙境，我是个闯入者
醒觉知梦境，我是个惆怅客

2020—12—26

而我们贪恋更广阔的风景
化作长虹，横跨于山涧的两端
山涧里有流泉，有百草
有梅花鹿，有雾岚缭绕着的人家
分明是仙境，我是个闯入者
醒觉知梦境，我是个惆怅客

2020-12-26

辛丑帖

行迹／莲心／水边遐想／听河／忆骡铃／长安即事

灯窗／立秋日看荷／在昏暗的光下写诗／往昔

我只是让悲伤穿过我的身体／纪念

行迹

天地空旷，空旷的天地里一小我
令人想起《登幽州台歌》
万物在冷中蛰伏，往事不是
走着走着就回头，来路直空寂

冰封的湖边，冻结的冥石无言
给人某种启示，自冰上盛开
难得的冬日暖阳，融融
仿佛是谁把春天给偷了来

诵读：陈兵

最是这阔静，喧嚣暂避
木栈上我的足印拓着多少昨日
一帧一帧地，远去，消散
一如风，一如烟，一如落叶片片

2021—01—17

行迹

天地空旷，空旷的天地里一小我
令人想起《登幽州台歌》
万物在冷中蛰伏，往事不是
走着走着就回头，来路真空寂

冰封的湖面，冻结的黑石无言
给人某种启示，自冰上盛开
难得的冬日暖阳，融融的
仿佛是谁把春天给偷了来

最是这闲静，喧嚣皆避
木栈上我的足印指着多少昨日
一帧帧地远去，请教
一如风，一如烟，一如落叶片片

2021-01-17

莲心

自南国寄来一片莲子
犹如寄给我一个春天
它是经历了万水千山
才来到我的门前

嗬，莲心！莲心彻底红
赐我春天般的温暖
莲心也有其苦与孤独
慰我泅渡生之艰难

莲心

自南国寄来一斤莲子
犹如寄给我一个春天
它是经历了万水千山
才来到我的门前

啊，莲心！莲心彻底红
赐我春天般的温暖
莲心也有其苦与孤独
慰我泅渡生之艰难

料曾有出淤泥而不染
料曾在清涟上立娇艳
啃，莲心，纾解我
多少愁心，愁心终不绾

在北国收到一片莲子
犹如收到了一个春天
殷殷是洪湖水的情意
在塞上山原潋滟

2021-02-04

料曾有出淤泥而不染
料曾在清涟上之娇艳
啊，莲心，待解我
多少愁心，愁心终不绪

东北国收到一份莲子
犹如收到了一个春天
殷殷与洪湖水的情丝
在塞上山原、溢滩

2021-02-04

水边遐想

听一水轻柔地歌响
仿佛是时间，来来往往
逝者如斯，不急不缓
华灯下泛着粼粼的波光

孤行者该有梵的遐想
暮色如此安静，如此清凉
渺小之我或走或止
无挂碍，只认取命运的模样

水中遐想

听一夜轻柔地歌响
仿佛是时间，来来往往
起若如断，不急不缓
华灯下注着粼粼的波光

孤行者谈与梵的遐想
暮色如此安静，如此清凉
湖水之线或去或止
无挂碍，只认取命运的模样

这世间不歇地喧嚣扰攘
谁认得它的假相，和空相
我看蚂蚁，犹上帝看我
而天色其苍苍，四野其茫茫

悲欣交集兮生之无常
对酒当歌兮慨当以慷
那么，就做一个清醒的饮者
把天地精神邀来飨

2021—03—25

这世间不歇地喧嚣扰攘
谁认得它的假相，和空相
我看蚂蚁，犹上帝看我
而天色且苍苍，四野其茫茫

虽欣于集会生之无常
对酒当歌兮慨当以慷，
那么，就做一个清醒的饮者
把天地精神邀来饮

2021-03-25

听河

听取一河流水，流入心间
摒弃五音，这是天籁
是自然的音韵
潺潺流淌，这是人生
是难卜的命运
听吧，这河水，昼夜奔涌
赶赴那遥远的江海
这是王的声音、卒的声音
这是骒马的声音
夜鸮的声音
这是欢爱者的声音
叹息者的声音
这是一切受造者的声音
是生命之声、存在之声
是永恒之声

听河

听取一河流水，流入心间
摒弃五音，这是天籁
是自然的音韵
潺潺流淌，这是人生
是难卜的命运
听吧，这河水，昼夜奔涌
赶赴那遥远的江海
这是王的声音、卒的声音
这是骡马的声音
夜鸮的声音
这是欢爱者的声音
叹息者的声音
这是一切受造者的声音
是生命之声、存在之声
是永恒之声

跟河水学会倾听，听它说话
注视它的眼睛，与之对话
一诉怨憎会，一诉爱别离
一诉求不得，一诉五阴盛
且听它一一解答：
一切皆流，皆变动不居
一切皆是幻象
时间并不存在
一切都是本质和当下
你是奉召而来的
走什么路，做什么事
受什么苦，都有定数
你独自行过生命
只与一条河流为伍
并受之无限启悟

2021—04—20

跟河水学会倾听，听它说话
注视它的眼睛，与之对话
一诉怨憎会，一诉爱别离
一诉求不得，一诉五阴盛
且听它——解答：
一切皆流，皆变动不居
一切皆是幻象
时间并不存在
一切都是本质和当下
你是奉召而来的
走什么路，做什么事
受什么苦，都有定数
你独自行过生命
只与一条河流为伍
并受之无限启悟

2021-04-20

忆骡铃

当我经过故乡的那片树林
骡子的铃声便会在耳边响起
丁零，丁零，那么清脆
仿佛一直都在，从未远去
然而过去几十年了
那匹骡子早已身亡骨枯
化作了土地的一部分
然而它仍活在我的记忆里
它的身影系着我的童年
它的铃声响过春夏秋冬
丁零，丁零，那么销魂
不忍听，声声入心
会与心之弦根根和鸣
它响着往事，响着辛酸
响着甜蜜，响着纯真

忆骡铃

当我经过故乡的那片树林
骡子的铃声便会在耳边响起
丁零，丁零，那么清脆
仿佛一直都在，从未远去
然而过去几十年了
那匹骡子早已身亡骨枯
化作了土地的一部分
然而它仍活在我的记忆里
它的身影系着我的童年
它的铃声响过春夏秋冬
丁零，丁零，那么销魂
不忍听，声声入心
会与心之弦根根和鸣
它响着往事，响着辛酸
响着甜蜜，响着纯真

它把自己的骨骸寄在林中
它把自己的声音留在风中
从未喑哑，从未遗失
丁零，丁零，那么深情
像是挽歌，像是祝愿
穿过时空而绵绵以存
如今，故乡的那片树林绿了
放牧骡子的孩童老了
而骡铃声依然如在昨天
丁零，丁零，那么动人

2021—05—07

它把自己的骨骸寄在林中
它把自己的声音留在风中
从未嘶哑，从未遗失
丁零，丁零，那么深情
像是挽歌，像是祝愿
穿过时空，绵绵以存
如今，故乡的那片树林绿了
放牧骡子的孩童老了
而骡铃声依然如在昨天
丁零，丁零，那么动人

2021-05-07

长安即事

长安，我不知别你多少年
多少年，已成空幻
唯有旧时相识，相遇
几杯浊酒，真情见

雁塔的身姿凝重，钟声苍凉
不夜城的灯火辉煌
长安，这盛唐的气象
千古而下重擅胜场

游弋在苍莽的尘世间
如潮的人流淹没了我的脸
找不着北，迷失于长安
长安，只是异乡人的客栈

长安即目

长安，我不知别你多少年
多少年，已成虚幻
唯有旧时相识，相逢
几杯浊酒，真情见

雁塔的身姿巍峨，钟声苍凉
不夜城的灯火辉煌
长安，这盛唐的气象
千古而下重擅胜场

游弋在苍莽的尘世间
如潮的人流，淹没了我的脸
找不着北，迷失于长安
长安，只是异乡人的客栈

不必伤往事，往事已随风
像一场梦，忘干净的梦
无关风月，无关爱恨
无须叹息折转往复的人生

长安，不近不远的长安
火树银花繁华在在的长安
我经历了你的闹与静
记取了你的常与变

2021-06-06

不必伤往日，往事已随风
像一场梦，忘不掉的梦
无关风月，无关爱恨
无须以思折转往复的人生

长安，不近不远的长安
尘封银色繁华在左的长安
我经历了你的闹与静
记录了你的常与变

2021-06-06

灯窗

诵读：陈兵

晚夕了，父母居所的灯便亮了
那窗子多么幽静，像夏虫沉默
像一声叹息跌落，而无落处
我是多么恋着这静，这灯窗！
它是游子还乡的方向，是情怯
它是炊烟升起的地方，是温暖
那窗里，有我至爱的亲人
在寂寞的岁月中日渐老去
那窗里，有我不舍的牵挂
任山高水阔都不能阻隔
对于故乡，我已然是个客人
对于父母，我已然是个游子
三百六十天，停留有几时？
柴米油盐茶，奉得了几顿？

灯窗

晚夕了，父母居所的灯便亮了
那窗子多么孤静，像夏虫沉默
像一声叹息跌落，而无落处
我总多么恋着这静，这灯窗！
它是游子还乡的方向，是情结
它是婚姻针织的地方，是温暖
那窗里，与我至爱的亲人
在寂寞的岁月中日渐老去
那窗里，有我不舍的牵挂
任山高水阔都不能阻隔
对于故乡，我只还是个客人
对于父母，我只还是个游子
三百六十天，停留了几时？
柴米油盐茶，牵得了几顿？

然而，人生在世，有多少
无可奈何事，不如意事……
只是看见这灯窗，倍感亲切
倍感欣慰，倍感惆怅，倍感抱歉
这五味杂陈的情愫，如何说
这突然模糊的眼睛，看不清
这是父母的，父母生活的灯窗
这是游子的，游子牵挂的灯窗
那小小窗户透出的光亮
照亮我前行的归家的路

2021—07—28

然而，人生在世，有多少
无可奈何了，不如意事……
只是看见这灯窗，倍感亲切
倍感欣慰，倍感惆怅，倍感抱歉
这五味杂陈的情愫，如何说
这泪湿模糊的眼睛，看不清
这是父母的，父母生活的灯窗
这是游子的，游子牵挂的灯窗
那小小窗户透出的光亮
照亮我前行的归家的路

2021-07-28

立秋日看荷

闹中取静。树荫下，青石上
坐过去年之我，又坐今年之我
来忆去年之荷，又看今年之荷
人虚长一岁，荷依旧亭亭

当我看荷时，荷也在看我了
我看荷时，荷多么美好
荷看我时，我应是苍老
多么浓的感慨，湖水化不开

立秋日看荷

闲中取静。树荫下，青石上
坐过去年之我，又坐今年之我
还忆去年之荷，又赏今年之荷
人虚长一岁，荷依旧亭亭

当我看荷时，荷也在看我了
我看荷时，荷多么美好
荷看我时，我应鬓苍老
多么浓的感慨，湖水化不开

忙处向闲。这是偷来的间隙
似乎散漫而弥足珍贵
草在何处？莲在我心
在我心里是那苦苦的滋味

这么田田的一片，篷盖，清圆
绿色的荷叶，像伞
粉色的荷花，像恋
我不悲寂寥，秋日胜过春朝

2021—08—07

忙处问闲。这是偷来的闲暇
似乎散漫而弥足珍贵
莲在何处？莲在我心
在我心里是那苦苦的滋味

这些田田的叶，莲蓬，清圆
绿色的荷叶，像伞
粉色的荷花，像恋
我不悲寂寞，秋日胜过春朝

2021-08-07

在昏暗的光下写诗

在昏暗的光下写诗，对眼睛
是一种伤害，但这样幽秘、安静
可以沉浸其中，不受外物干扰
间或有闪光的句子，精灵一样
跳荡而出，驱散周遭的昏暗
我与周遭的人声、车声为敌
我只耽于自然的声息——
风声、雨声、虫声、河声……
任其一种，都是乐音

诵读：静美

在昏暗的光下写诗，我是纯粹的
文字是纯粹的，像雪花片片
落于山，落于谷，落于水，落于树
落于独钓者的蓑衣
落于寂寥者的心田

在昏暗的光下写诗

在昏暗的光下写诗，对眼睛
是一种伤害，但这样幽秘、安静
可以沉浸其中，不受外物干扰
闪成有闪光的句子，精灵一样
跳窜而出，驱散周遭的昏暗
我与周遭的人声、车声隔绝
我只耽于自然的声息——
风声、雨声、虫声、河声……
任其一种，都是乐音

在昏暗的光下写诗，我是纯粹的
文字是纯粹的，像雪花片片
落于山，落于谷，落于水，落于树
落于独钓者的蓑衣
落于寂寞者的心田

落于劳作者的锄头
落于相思者的窗前
这跳荡的精灵是我的代言人
它渡我困我，怡我苦我……

在昏暗的光下写诗，把昏暗
也写得明亮了，明亮如月之皎皎
如星之烁烁，如波之粼粼
它照拂我心，照见世间美好
它引领我飞升，安顿我栖落
是我的心语、我的我
是我与外界联通的不二选择
我把它虔诚地举起
它便是我的世界的火炬

2021—09—17

落于劳作者的犁沟
落于相思者的窗前
追逐它的精灵是我的代言人
它渡我困我，怡我苦我……

在昏暗的光下写诗，把昏暗
也写得明亮了，明亮如月之皎皎
如星之烁烁，如波之粼粼
它照拂我心，照见它的美好
它引领我飞升，也拉我坠落
是我的心语、我的我
是我与外界联通的不二选择
我把它虔诚地举起
它便是我世界的火炬

2021-09-17

往昔

往昔已时过境迁，缘何念念
夜来风雨，花落了几瓣
像荒诞的梦，像梦里的钟
空旷的回音里有苍凉的魂
仄径上落叶覆盖了杂沓的脚印
斑驳中无法辨认昨日的命运
生命是一条泥沙俱下的河流
谁能停留，谁能挽留？
任何人都要在时间里不停地告别
情何以堪，却又无可如何
霜降在冷冷苍苔之上
像往昔的月光，清亮
只有深深牵挂过才会了无牵挂
只有知晓无常才会活在当下

2021—10—27

往昔

往昔已时过境迁，缘何匆匆
夜来风雨，花落了几瓣
像荒诞的梦，像梦里的钟
空旷的回音里有苍凉的魂
从径上落叶覆盖了杂乱的脚印
斑驳中无法辨认昨日的命运
生命是一条泥沙俱下的河流
谁能停留，谁能挽留？
任何人都要在时间里不停地告别
情何以堪，却又无可如何
霜降在层层苍苔之上
像往昔的月光，清亮
只因深深牵挂过才会了无牵挂
只有知晓无常才会活在当下

2021-10-27

我只是让悲伤穿过我的身体

我只是让悲伤穿过我的身体
让它去，不居留
这个世界整日价成住坏空
肉身是逆旅，灵魂如寄

但我还是免不了地遗憾
为一个不该离去而离去了的人
或许因缘造化，不能规避
就像一颗星，由明而暗

我只是让悲伤穿过我的身体

我只是让悲伤穿过我的身体
让它去，不居留
这个世界整日价成住坏去，
肉身是逆旅，灵魂如寄

但我还是免不了地遗憾
为一个不该离去而离去了的人
或许因缘造化，不能规避
就像一颗星，由明而暗

竟不想一个近在咫尺的人
突然地远在天边，了无声息
竟不想一个见或不见
就在那里的人，却已不在那里

我只是让悲伤穿过我的身体
让它去，无痕迹
就像纷纷落叶化为尘泥
向隅，再不闻耳熟朗笑声

2021—11—16

竟不想一个近在咫尺的人
突然地远在天边，了无声息
竟不想一个见或不见
就在那里的人，却已不在那里

我只是让悲伤穿过我的身体
让它去，无痕迹
就让纷纷落叶化为尘泥
向隅，再不闻耳熟朗笑声

2021-11-16

纪念

不堪面对增中减的岁月
三百六十日之一，属于我
我当是要给自己留一点纪念的
以文字，或别的方式

谢谢你，记得这一天
给冬日之我增添煦煦的温暖
竟自于一个从未谋面的人
竟自于远遥的江南

纪念

不堪面对增中减的岁月
三百六十日之一，属于我
我当是要给自己留一点纪念的
以文字，或别的方式

谢谢你，记得这一天
给冬日之我增添煦煦的温暖
竟自于一个从未谋面的人
竟自于远遥的江南

时光飞逝，惊觉去日之苦多
夜深不睡，灯下静静缅怀
还要这般一如既往一意孤行吗？
穿过雾霭彼端谁还在？

我继承了故我，又非是故我
正日日经历着盛开和凋谢
每一个节日亦非节日
只道是寻常，我毋宁忘却

2021—12—25

时光飞逝，惊觉去日之苦多
夜深不睡，灯下静静细怀
还要这般一如既往一意孤行吗？
穿过雾霭彼端谁还在？

我继承了故我，又非是故我
正日日经历着盛开和凋谢
每一个节日亦非节日
只道是寻常，我毋宁忘却

2021-12-25

壬寅帖

酒醒何处/雪落黄河/侘寂/白云下的贺兰山/孤独乡

领受/长风/人生哲学/珍惜/是什么时候了

我的深夜比别人的深/冬至四行

酒醒何处

仿佛是在故乡又不在故乡
仿佛是在长无尽头的深巷
飘然一身者，是我
把万千的言语化作一味的沉默

仿佛是无可逃遁的迷醉
仿佛是无可或止的清醒
在高高的云端，或黑黑的谷底
欢喜和悲戚飞翔，一如幽灵

酒醒何处

仿佛是在故乡又不在故乡
仿佛是在长无尽头的深巷
飘然一身者，是我
把万千的言语化作一味的沉默

仿佛是无可逃遁的迷醉
仿佛是无可或止的清醒
在高高的云端，或黑黑的谷底
欢喜和悲戚飞翔，一如幽灵

冬夜安静得似乎没有呼吸
芜杂的梦境只想尽快脱离
酒醒何处？回归到昨天的肉身
十方世界我是恒河沙之一粒

行走在无惑无觉的中间地带
是和非都有着相似的面孔
酒醒何处？一灯星星
照不见我因往事而心生的驿动

2022—01—09

冬夜安静得似乎没有呼吸
芜杂的梦境只在呈快脱离
还睡何处？回归到昨天的周身
十方世界我是恒河沙之一粒

行走在无感无觉的中间地带
生和死都有着相似的面孔
酒醒何处？一灯星星
照不见我向往而心生的驿动

2022-01-09

雪落黄河

诵读：陈兵

在未抵达你时，我想象着
雪落时你可能的样子
如同赴一场可期的约会
在抵达你之后，你就像
一个歇脚的少女那样安静
听不到你声音，你今无声
只听见雪花簌簌，簌簌
——这是多么欣喜！
在北国的冬春交替之际
黄河，你舒起广袖
悦纳这来自天国的精灵！
它们有的镶于岸边
有的被融化于无形
一边是雪白，一边是河水
一边是冬去，一边是春来

雪落黄河

在未抵达你时，我想象着
雪落时你可能的样子
如同赴一场可期的约会
在抵达你之后，你就像
一个羞赧的少女那样安静
听不到你声音，你宁无声
只听见雪花簌簌，簌簌
—— 这是多么欣喜！
在北国的冬春交替之际
黄河，你舒起广袖
收纳这来自天国的精灵！
它们有的镶于岸边
有的被融化于无形
一边是雪白，一边是河水
一边是冬去，一边是春来

一切都那么肃穆、庄严
一切都那么活泼、欣欣然
雪落黄河，雪是河的衣裳
一袭白，白得那样纯粹！
雪落黄河，纷扬落于壮阔
终竟汇成浩浩长歌
从古唱到今，从浊唱到清
从岸边唱到人心……
哦，黄河！
幸见你如此安静温默
兀立岸上，我歆享雪落
不说一句话，就十分美好

2022—02—06

一切都那么肃穆、庄严
一切都那么浩渺、欣欣然
雪落黄河，雪是河的衣裳
一袭白，白得那样洁净！
雪落黄河，纷扬落于壮阔
终竟汇成浩浩长歌
从古唱到今，从浊唱到清
从岸边唱到人心……
哦，黄河！
幸见你如此安静温默
无言岸上，我就着雪落
不说一句话，就十分美好

2022-02-06

侘寂

我要的是，决然的侘寂
不要嬲骚的市声萦绕耳际
我要的是，用这一颗心
听取大地的脉动和声息

若能坐忘，便忘记自己
忘记自己是这自然的一粒
忘记他我，将种种娑婆
毫不犹疑毅然决然地捐弃

侘寂眷我，我亦眷侘寂
就中能有一场魂灵的远离
不管过去、现在和将来
也不管雪落、霜降和雨施

2022—03—14

侘寂

我要的是，决然的侘寂
不要聒噪的市声萦绕耳际，
我要的是，用这一颗心
听取大地的脉动和声息

为能坐忘，便忘记自己
忘记自己是这自然的一粒
忘记他我，将种种婆娑
毫不犹豫毅然决然地捐弃

侘寂看我，我亦看侘寂
就中能品一场心灵的远离
不顾过去、现在和将来
也不管雪落、霜降和雨施

2022-03-14

白云下的贺兰山

贺兰山路一直向西，便到了贺兰山
贺兰山，骏马奔腾的贺兰山
贺兰山，白云之下的贺兰山
贺兰山，塞上江南的贺兰山啊！

似动还静，颜色苍苍，风鸣萧萧
似是被白云吊挂起来了，我笑白云
那么轻，何以吊挂起千万吨巨石
它们筑起一道屏障，掩出一片江南

诵读：陈兵

白云下的贺兰山

贺兰山路一直向西，便到了贺兰山
贺兰山，骏马奔腾的贺兰山
贺兰山，白云之下的贺兰山
贺兰山，塞上江南的贺兰山啊！

似动还静，颜色苍苍，风鸣萧萧
似是被白云吊挂起来了，我笑白云
那么轻，何以吊挂起千万吨巨石
它们筑起一道屏障，捧出一片江南

我低头看水，抬头看云，贺兰山
就在云水之间，是柔中的一抹坚硬
水绿，云白，山青，三种色彩
是大地与高天制造出的三种琴键

听，是自然的乐师弹拨出的天籁音
无声胜有声，震动人的心魂
有旷古的苍凉，也有晴雪的温润
我来，贺兰臂拥；我去，贺兰目送

2022—04—17

我低头看水，抬头看云，贺兰山
就在云水之间，是象中的一抹坚硬
水绿，云白，山青，三种色彩
是大地与高天制造出的三种琴键

听，是自然的乐师弹拨出的天籁音
无声胜有声，震动人的心魂
有旷古的苍凉，也有晴雪的温润
我来，贺兰臂拥；我去，贺兰目送

2022-04-17

孤独乡

四月的芳菲尽了，绿染山川
树枝上挂满了累累的果实
可是孤独是一条无人临至的
深巷，那么长，那么长
沿着它一直往里走
走到最后便到了孤独乡
孤独乡里有梦见蝴蝶的主人
主人没有被蝴蝶梦见
孤独乡里有丁香一样的忧愁
没有丁香一样的姑娘
孤独乡里有太多消逝的人群
而今只剩下屋舍空空
孤独乡里有太多销魂的记忆
只有西风在数说往事

孤独乡

四月的芳菲尽了，绿染山川
树枝上挂满了累累的果实
可是孤独是一条无人临至的
深巷，那么长，那么长
沿着它一直往前走
走到最后便到了孤独乡
孤独乡里有梦见蝴蝶的主人
主人没有被蝴蝶梦见
孤独乡里有丁香一样的忧愁
没有丁香一样的姑娘
孤独乡里有太多清走的人群
而今只剩下虚名与空
孤独乡里有太多错视的记忆
只有西风在数说结局

过去回不去，现实无奈何
将来不可知，就这般活着
成住坏空，生老病死
既然不能把捉，毋宁放却
若孤独是一种宿命
走不出，逃不离，是天意
那就背着孤独乡，听风观水
那就忘却孤独乡，自然自在
前面还有不可知的风景
蓦然回首时，灿烂地盛开

2022—05—02

过去回不去，现实无奈何
将来不可知，就这样活着
成住坏空，生老病死
既然不能把握，毋宁放却
若孤独是一种归宿
走不出，逃不离，是天意
那就背着孤独走，听风观雨
那就忘却孤独走，自理自在
前面还有不可知的风景
蓦然回首时，灿烂地盛开

2022-05-02

领受

我领受大地的沉默和祭语
领受人间的繁华和孤独
在熙来攘往车水马龙的街市
我停顿在十字路口，不知何从何去

我领受时间深处的惶惑
领受繁花落尽后的空和萧瑟
无穷的远方在无声地召唤
无数的人们决不停留，一闪而过

诵读：静美

我领受无所有拒绝有所求
领受巨大的阒静拒绝微小的烦忧
这往来的无一例外的暂时人
我在其中，饱食，遨游，若不系舟

2022—06—30

领受

我领受大地的沉默和絮语
领受人马的繁华和孤独
在熙来攘往车水马龙的街市
我停顿在十字路口，不知何从何去

我领受时局深处的惶惑
领受繁花落尽后的苦，和萧瑟
无穷的远方在无声地召唤
无数的人们决不停留，一闪而过

我领受无所有拒绝有所求
领受巨大的阒静拒绝微小的烦恼
这往来的无一例外的赶时人
我在其中，饱食，遨游，若不系舟

2022-06-30

长风

这长风来得真好，吹满我怀抱
我抱着一抱风，顿感逍遥
那渠畔的垂柳，像绿发
依依地在水上招摇

像是言说，像是沉默，像是微笑
风也有语言吧？我不知道
我只知我不能御风而行
在暗淡蓝点之上，何其渺小

长风

这长风来得真好，吹满我怀抱
我抱着一抱风，顿感逍遥
那渠畔的垂柳，像绿发
依依地在水上招摇

像是言说，像是沉默，像是微笑
风也有语言吧？我不知道
我只知我不能御风而行
在暗淡蓝点之上，何其渺小

可是我多么愿意向长风倾诉情衷
长风，长风，你可听到？
我尽量努力用风的语言表达
长风，长风，你可明了？

我本喜静。可是你吹起心的涟漪
有浩大的空虚，奔走相告
这世上人世上事，本是一场风
风过处，不见三千烦恼

2022—07—30

可是我为什么愿意向长风倾诉情衷
长风，长风，你可听到？
我尽量努力用风的语言表达
长风，长风，你可明了？

我本喜静。可是你唤起心的涟漪
有浩大的空虚，奔走相告
这世上人世上事，本是一场风
风过处，不见三千烦恼

2022-07-30

人生哲学

就这般枯坐，心内无波
直坐到黄昏尽，月升，星闪烁
这是个聒噪的世界
有时候想逃得远远却躲不过

思前想后，有几番失与得
都没有意义了，不消说
任何人都在有限的时间里活着
过去那么多，现实无奈何

人生哲学

就这般枯坐，心内无波
直坐到黄昏后，月升，星闪烁
这是个聪慧的哲学
有时候想逃得远远却躲不过

思前想后，有几番失与得
都得已忘了，不消说
任何人都在有限的时间里生活
过去那么多，现实无奈何

过去过去过去，过去已然寂灭
已无从追究曾经因果
现实现实现实，现实犹如枷锁
费尽周折却无力打破

就这般清醒，貌似茫惑
但得自然适意，不索何求何获
认命不能补全的残缺
从大河东流中悟人生哲学

2022—08—03

过去过去过去，过去已然寂灭
已无从追究曾经因果
现实现实现实，现实犹如枷锁
费尽周折却无力打破

就这般清醒，貌似茫惑
但得解脱逍遥，不索何求何获
认命不能补全的残缺
从大河东流中悟人生哲学

2022-08-03

珍惜

从今天起，我要珍惜每一滴水
珍惜触手可及的自由的空气
珍惜头上温煦的阳光
珍惜脚下的每一寸土地

从今天起，我要珍惜每一个字
珍惜生命里的分分秒秒一呼一吸
珍惜道边萋萋的芳草
珍惜与你的每一次相遇

世间物事，一边拥有即一边失去
珍惜过了便不会遗憾不已

2022—09—24

珍惜

从今天起，我要珍惜每一滴水
珍惜触手可及的自由的空气
珍惜头上的温煦的阳光
珍惜脚下的每一寸土地

从今天起，我要珍惜每一个字
珍惜生命里的分分秒秒的一呼一吸
珍惜道边萋萋的芳草
珍惜与你的每一次相遇

世间物事，一边拥有即一边失去
珍惜过了便不会遗憾不已

2022-09-24

是什么时候了

眼看着月末了，秋尽了
眼看着叶落了，岁深了
时间可真重啊
可以压碎我的双眉
令我的身躯向地面伛偻
我且询问清风：是什么时候了？

以醇酒与诗歌，我需要
却不能陶醉自己
在梧叶的秋声渐尽的阶前
在室内无遣的寂寥中
我不愿却做了时间殉难的奴仆
我且询问飞鸟：是什么时候了？

是什么时候了

眼看着月末了，秋尽了
眼看着叶落了，岁深了
时间可真重啊
可以压碎我的双肩
令我的身躯向地面低俯
我且询问清风：是什么时候了？

以醇酒与诗歌，我需要
却不能陶醉自己
在落叶的秋声渐尽的阶前
在室内无边的寂寥中
我不愿却做了时光殉难的奴仆
我且询问飞鸟：是什么时候了？

夕暮，有多么清凉的幽暗
一波波荡漾开来
于石头之上我把自己坐成石头
而不觉苔之凉、夜之渐
我的静滞不能掩抑我的波澜
我且询问星子：是什么时候了？

2022—10—26

夕暮，有多么清凉的秋晴
一波波荡漾开来
于石头之上我把自己坐成石头
而不觉昼之凉、夜之渐
我的静滞不能捻扣我的波澜
我且询问星子：是什么时候了？

2022-10-26

我的深夜比别人的深

白昼是有边界的，黑夜却辽阔无边
我在我的黑暗之中清醒并沉浸
以万千点繁星
悼念那白天凋谢了的花朵

黑暗是光明的配偶，它在吹奏长笛
长笛的节奏涡卷成思想和梦幻
声音触动了我的措辞
我的措辞掉落在大地上

我的深夜比别人的深

白昼是有边界的，黑夜却辽阔无边
我在我的黑暗之中清醒并沉浮
以万千点繁星
悼念那白天凋谢了的花朵

黑暗是光明的庇佑，它在吹奏长笛
长笛的节奏涡卷成思想和梦幻
声音触动了我的措辞
我的措辞掉落在大地上

在黑暗的寂静和寂静的黑暗中
我掩抑不住胸中的波澜，任其奔涌
任玄思的幽灵
抚今追昔，上天下地，吞吐风云

我的深夜比别人的深，我泅渡这深
用刹那来计量时间，一念三千
三千的世界泡沫样浮沉
那些未被俘获的灵感不知所终

2022—11—05

在黑暗的寂静和寂静的黑暗中
我控制不住胸中的波澜，任其汹涌
任玄思的幽灵
抚今追昔，上天下地，吞吐风云

我的深夜比别人的深，我泅渡这深
渊到那未计量时日，一念三千
三千的世界泡沫样浮沉
那些未被俘获的灵感不知所踪

2022-11-05

冬至四行

一

这个冬天，总是听到有人离开的消息
似乎也应和了这节令，但太过密集
一个人的生命，多么像树上的叶子
会在一夜之间颓谢，只剩秃枝

二

多少人选择在冷寂之冬日离去
天可怜见，归途上会覆一层茫茫雪
是以灵魂跌落时不得受伤
去年此时，你决然远去，不曾有道别

冬至四行

一

这个冬天，总是听到有人离开的消息
似乎也应和了这节令，但太过密集
一个人的生命，为什么像树上的叶子
会在一夜之间凋谢，只剩秃枝

二

多少人选择在冷寂之冬日离去
天可怜见，归途上会覆一层茫茫雪
是以灵魂跌落时不得受伤
去年此时，你决然远去，不曾只道别

三

日月忽其不淹兮，来日并不方长

来路上遗失多少人，回首是凄凉

而逝者已矣，生者唯有向前

可是心口上有一个缺口，弥合不上

四

世界病了，人人都是病人

道路多么拥挤，都要寻医问诊

各有心病，各有难言之隐

缘何脚步匆匆？要停下来等等灵魂

三

日月忽其不淹兮，来日并不太长
来路上遗失多少人，回首是渺茫
而逝者已矣，生者唯有向前
可是心口上有一个缺口，弥合不上

四

世界病了，人人都是病人
道路多么拥挤，都要寻医问诊
各有心病，各有难言之隐
缘何脚步匆匆？要停下来，等等灵魂

五

因为想起，所以怅然若失
因为忘却，所以若无其事
可是过往的经纬上深深的刻痕
替你详细地记录下曾经的履历

六

但愿不如所料，未必竟如所料
却每每恰如所料……隐忧唯有天知
世事，命运，竟依此般逻辑
我的这颗棋子，下一步该落到哪里？

2022-12-22

五

因为想起，所以悄然若失
因为忘却，所以若无其事
可是过往的经纬上深深的刻痕
替你详细地记录下曾经的履历

六

但愿未如所料，未必竟如所料
却每每恰如所料……隐忧唯自己知
世事，命运，竟似此般逻辑
我的这颗棋子，下一步该落到哪里？

2022-12-22

癸卯帖

西吉雪／以写诗的孤独抵御不写诗的孤独／问

老家陈词／时不我待／黑夜诗魂／选择／十年生死

秋心／十月／遇见齐奥朗／隐于诗

西吉雪

似乎是，这一场雪，待我归来
待我归来，它才前呼后拥地落下
恰逢旧历年的最后一天
这雪，辞旧迎新，寓意吉祥

漫天皆白，千树万树梨花初开
行走在雪中，有点点回忆
想起前年去年，归来时，皆有雪
年年岁岁的雪，岁岁年年的人

两吉雪

似乎是，这一场雪，待我归来
待我归来，它才前呼后拥地落下
恰逢旧历年的最后一天
这雪，辞旧迎新，寓意吉祥

漫天皆白，千树万树梨花初开
行走在雪中，有点点回忆
想起前年去年，归来时，皆有雪
年年岁岁的雪，岁岁年年的人

故乡啊，我隐忍下了多少幽意
只诉与天地之间的片片雪花
纷纷扬扬地落，皑皑无垠地白
落在地上，白在人心上

多么可人的纯洁之白呀！
晶莹剔透，纤尘不染，像蝴蝶
像吉祥的花朵，小小的，无数个
像鹅毛，礼轻，情意重

2023—01—22

故乡啊，我隐忍下了多少幽意
只诉与天地之间的片片雪花
纷纷扬扬地落，皑皑无垠地白
落在地上，白在人心上

多么可人的纯洁之白呀！
晶莹剔透，纤尘不染，像蝴蝶
像吉祥的花朵，小小的，无数个
像鹅毛，礼轻，情意重

2023-01-22

以写诗的孤独抵御不写诗的孤独

日月忽其不淹兮，韶华匆匆弗居
我以写诗的孤独抵御不写诗的孤独
半夜醒来，唯文字的温柔手
轻抚这莫之或止的点点春愁

春愁就像融化了的冰水始流
渐渐汇成小溪，一发而不可收
歌唱的夜莺，总是在深夜降临
刺破黑，要将黎明唤醒

诵读：陈兵

以写诗的孤独抵御不写诗的孤独

日月忽其不淹兮，韶华安肯常居
我以写诗的孤独抵御不写诗的孤独
半夜醒来，唯文字的温柔与
轻抚这莫之或止的无边暮色

春愁就像融化了的冰开始流
渐渐汇成小溪，一发而不可收
歌唱的夜莺，总是在深夜降临
到破晓，要将黎明唤醒

那风逝了的曾经，已不堪忆
那曾经的人，已不知何处
这一灯星星，一鬓星星，在纸上映
纸上的雪花，纷纷扬扬飘零！

我是想逃离，却又被束缚
这孤独的脚步踩着新声曲度
看似无情，却掩藏了最大的深情
灯火阑珊处，可有那人身影？

2023—02—06

那风逝了的曾经，已不堪忆
那曾经的人，已不知何处
这一灯星星，一盏星星，在纸上映
纸上的雪花，纷纷扬扬飘雪！

我总想逃离，却又被束缚
这孤独的脚步踩着数声曲度
看去无情，却掩藏了最大的深情
灯火阑珊处，可有那人身影？

2023-02-06

问

一个人一生要走多少路？
见怎样的景？遇怎样的人？
冥冥中想必有定数
而顶上的穹苍默默无语

昨夜的酒喝过了几巡？
黑暗中的心欲说还休
我闭合体内的繁星和春水
梦中像一场奔赴，又像停留

问

一个人一生要走多少路？
见怎样的景？遇怎样的人？
冥冥中想必已定数
而头上的苍穹默默无语

昨夜的歌唱过了几遍？
黑暗中的心欲说还休
我问合体内的繁星和春水
梦中像一场奔赴，又像停留

时间也曾苍翠过，而今
酒醒后的惆怅如何解？
巨大的寂静就是巨大的欢悦
而鸟鸣将湖面打破

岂曰无遇？那么多错过
岁月已深，劝君珍重

2023—03—18

时间也曾苍翠过，而今
酒醒后的惆怅如何解？
巨大的寂静就是巨大的欢悦
而鸟鸣时湖面打破

岂曰无遇？那么毋错过
岁月已深，劝君珍重

2023-03-18

老家陈词

老家，细算来，我整整别你一百天
老家，面对你，我泛滥成灾的思念
五味杂陈，竟不知对你说何话
你的苍颜，犹如我心不能抚平的疤痕
那么深，那么深，那么深！……
不忍踏进你的院落，从门缝里瞅
瞅那斑驳的太阳灶、风化的门帘
我不能让自己更陷入，更痛
只是绕着外围走，在西北的墙角外
蓦见一树梨花——多少年没见它们了！
“白锦无纹香烂漫，玉树琼葩堆雪”
塞北的梨花早已尽了，老家的却正妍
那么繁，在太阳下闪着光辉

老家陈词

老家，细算来，我整整别你一百天
老家，面对你，我该灌成长的思念
五味杂陈，竟不知对你说何话
你的苍颜，犹如我心不能抚平的疤痕
那么深，那么深，那么深！……
不忍踏进你的院落，从门缝里瞅
瞅那斑驳的太阳灶、风化的门帘
我不能让自己陷入，更痛
只是绕着外围走，东西北的墙脚外
瞥见一树梨花——多少年没见它们了！
"白银无绿香烂漫，玉树琼葩堆雪"
塞北的梨花早已尽了，老家的却正妍
那么繁，在太阳下闪着光辉

似乎独自盛开，似乎等待我的到来
我为没有错过它的花期而庆幸
老家，一个融溶在血液中的名字
一壶此去经年仍然念兹在兹的老酒
老家，此刻，我不能表达清我的情意
但我无法抑制，我被你鞭笞！
这个漂泊的游子，转身的远客
在来来去去的人世，恋恋于你的根系
老家！千百个深夜在我梦境内
你的炊烟是我永远不会忘怀的风景

2023—04—30

似乎独自盛开，似乎等待我的到来
我为没有错过它的花期而庆幸
老家，一个融流在血液中的名字
一壹此去经年，仍然念兹在兹的老屋
老家，此刻，我不能表达清我的情意
但我无法抑制，我被你牵挂着！
这个漂泊的游子，转身的还家
在来来去去的人海，感恩于你的根系，
老家！千百个深夜在我梦境内
你的炊烟是我永远不会忘怀的风景，

2023-04-30

时不我待

草枯了又绿，叶落了又长
这么多年，不经意的流光
哪里去了？回首向来经行处
来来去去的客在大地上寄居
何必认假作真？何必清醒十分？
何必看重得失？何必纠结成败？
只是时不我待，不能碌碌无为
只是偶有哀愁，面对瞩望有愧
不能一味地被困围
不能一条道走到黑

时不我待

草枯了又绿，叶落了又长
这么多年，不经意的流光
哪里去了？回首向来经行处
来来去去的多在大地上寄居
何必认假作真？何必清醒梦？
何必患得患失？何必纠结来路？
只是时不我待，不能碌碌无为
只是仍已衰悲，面对瞻望有愧
不能一味地被周围
不能一条道走到黑

如果说猬独是一宗罪
那么你甘愿领受惩恚
时不我待，对命运说不
哪怕有一星光，也要追逐
时不我待，错过朝霞还有夕晖
路在脚下，夙兴夜寐
总有拨云见日晴明的时候
总有冰雪消融春晓的时候

2023—05—02

如果说犹豫是一宗罪
那么你甘愿领受惩戒
时不我待，对命运说不
哪怕只一星光，也要追逐
时不我待，错过朝霞还有夕晖
路在脚下，风光在前
总有拨云见日晴朗的时候
总有冰雪消融春晓的时候

2023-05-02

黑夜诗魂

唯黑夜唤醒覆尘的诗魂
醒了，文字的精灵翩舞其中
它安抚焦躁的肉身
澡雪漂泊的无依的精神

谁听？这幽诉的渺茫的歌声
响遏行云，响遏谡谡的松风
任话语的闪电如鞭如蛇
任它挞笞，任它纵横驰骋

黑夜诗魂

唯黑夜唤醒蛰虫的诗魂
醒了，文字的精灵翩舞其中
它要抚焦躁的肉身
澡雪漂泊的无依的精神

谁听？这幽诉的澎湃的歌声
响遍行云，响遍谡谡的松风
任诘诎的闪电如鞭如蛇
任它抽笞，任它纵横驰骋

生命是短暂的，而语言永恒
短暂的生命如流星划过长空
永恒的语言却明亮不灭
装饰夜，装饰望者的梦

诗魂，无黑夜，无其影踪
璀璨的光华唯在暝暗中升腾
肉身静滞，而灵魂夜行
遂获得几世几劫的人生

2023—06—17

生命是短暂的，而诗言永恒
短暂的生命如流星划过长空，
永恒的诗言却明亮不灭
装饰夜，装饰望者的梦

诗魂，无星夜，无其影踪
璀璨的光华唯在暝暗中升腾
肉身静滞，而灵魂夜行
遂获得几世几劫的人生

2023-06-17

选择

诵读：陈兵

我选择无待，以求无羁和逍遥
我选择沉默，为了更好地歌唱
我选择掩藏，批判的锋芒于事无补
我选择摒弃，累积太多会变成赘疣
我选择远离阳光，思想产生于阴影里
我选择爱我所爱，怨悔来时再行中止
我选择不忍人之心，了解人性之恶
我选择认清与看淡，非我有者让它去
在取与舍之间，我选择先舍而后取
在笑与泪之间，我选择人前笑人后泪
这个世界，每个人每天都面对
各种选择，而选择意味着放弃
当生死门与真如门摆在面前
我选择不二法门

2023—07—03

选择

我选择无待，以求无羁和逍遥
我选择沉默，为了更好地歌唱
我选择隐藏，批判的锋芒于事无补
我选择摒弃，累积太多会变成赘疣
我选择远离阳光，恶亦产生于阴影里
我选择爱我所爱，怨恨要求时再行中止
我选择不忍人之心，了解人性之恶
我选择认清与看透，非我只想让它去
在邪与善之间，我选择人前笑人后泪
这个世界，每个人每天都面对
各种选择，而选择意味着放弃
当生死门与真如门摆在面前
我选择不二法门

2023-07-03

十年生死

竟不觉岁月忽忽已然十年
十年前，一个我远离的人远离世界
而我一概不知，直到今天
那音容多么清晰，浮现又隐去
这世间再也没有师长兄长般的斯人
而黄土掩埋了一切
一切的过往，只在记忆中存留
无从寻访那隔世的山丹花
以悲壮的姿态黯然谢幕
曾忆小店泡面、课堂风采、巷陌歌声
曾忆扶贫济困、宽厚待人、乐善精神
都随风而去了，随风而去了
苍天呀，我不能接受这样的真实
地母呀，请捎去我迟到的问讯

2023—08—14

十年生死

竟不觉岁月匆匆已过十年
十年前，一个我尊敬的人远离尘嚣
而我一概不知，直到今天
那音容多么清晰，浮现又隐去
这世间再也没有师长兄长般的暖人
而黄土掩埋了一切
一切的过往，只在记忆中存留
无从寻访那隔世的牡丹花
以悲壮的姿态黯然谢幕
曾忆小店泡面、课堂风采、巷陌轶声
曾忆扶贫济困、宽厚待人、乐善精神
都随风而去了，随风而去了
苍天呀，我不能接受这样的真实
地母呀，请捎去我迟到的问讯

2023-08-14

秋心

一灯昏黄，秋意清凉
深秋的人一味静滞，不哀不伤
耳畔是嘤嘤的虫鸣
断续的弦音时而弱时而亢

坐断几个黄昏、几个秋天？
绿色的叶儿衰了，年年的枯黄
远风吹去了一切消息
预示着一场永久的遗忘

遗忘在水上，在色颓的花瓣上
万物都是临在，都受无常
把自己化为佩苔之石
而秋草苍苍，秋心茫茫

2023—09—15

秋心

一灯昏黄，秋意清凉
凉秋的人一味静滞，不哀不伤
耳畔是嘤嘤的虫鸣
断续的弦音时而弱时而亢

坐断几个黄昏、几个秋天？
绿色的叶儿衰了，半年的枯黄
让风吹去了一切消息
预示着一场永久的遗忘

遗忘在阶上，在色艳的花瓣上
万物都是临在，都是无常
把自己化为佩落之石
而秋草苍苍，秋心茫茫

2023-09-15

十月

十月，虫已默，眠少而思多
万人如海，藏我一身
谁会从虚无的帷幕后浮现
以最后的诱惑，救我？

十月，无依的心在水上漫溯
往何处去？往何处去？
星空朦胧，不知今夕何夕
灵魂的外面，也有深渊

十月，一我独立于天地之间
千树万树，落叶纷披
沉思中充满肃穆的秋意
我不能流露出省悟的幸福

十月

十月，虫已默，眠少而思多
万人如海，藏我一身
谁会从虚无的帷幕后浮现
以最后的诱惑，救我？

十月，无依的心在水上漂湖
往何处去？往何处去？
星空朦胧，不知今夕何夕
灵魂的外面，也有深渊

十月，一我独立于天地之间
千树万树，落叶纷披
沉思中充满肃穆的秋意
我不能流露出悲情的幸福

十月，一片落叶便是一抹乡愁
一块石头便是一副人情
月明星淡，潭空水冷
照见我的暗影如一声叹息

十月，何处是下临诸河的乐园？
我的奔赴就像一场放逐
霜降之后，大雪之前
我要跋上那仰首以望的山巅

2023—10—18

十月，一片落叶便是一抹乡愁
一块石头便是一副人情
月明星淡，潭空，水冷
照见我的暗影如一声叹息

十月，何处是下临诸河的乐园？
我的离愁就像一场放逐
霜降之后，大雪之前
我要踏上那仰首以望的山巅

2023-10-18

遇见齐奥朗

当我需要哲学的时候，遇见了你的哲学
当我产生怀疑的时候，遇见了你的怀疑
当我认识虚无的时候，遇见了你的虚无
虽然相见恨晚，但幸运毕竟见了
你，齐奥朗，一位杰出的反叛者
一位独具怀疑精神的厌世者
你是高山，须仰视才能得见
你是深渊，须沉潜才能得珠
你是沃野，须策马驰骋才能得瞻其广
初试啼声，便立于绝望之巅
在思想的黄昏，召唤满天星辰

遇见齐奥朗

当我需要哲学的时候，遇见了你的哲学
当我产生怀疑的时候，遇见了你的怀疑
当我认识虚无的时候，遇见了你的虚无
虽然相见恨晚，但幸运毕竟见了
你，齐奥朗，一位杰出的反叛者
一位独具怀疑精神的否定者
你是高山，须仰视才能得见
你是深渊，须沉潜才能得珠
你是沃野，须策马驰骋才能得瞭其广
初试啼声，便去了绝望之巅
在思想的黄昏，召唤满天星辰

你的文辞浓缩了诗性智慧和宇宙小丑的放肆
你鄙视声誉，却声誉加身
你冷眼世界，却热心无比
你是人间的失眠者，是飞天的幽灵
舐舔你思想的食盐，我呼吸到了自由的氧气
带上你的孤独，我毅然向放逐地奔赴

2023—11—09

你的文辞浓缩了诗性智慧和宇宙小丑的放肆
你鄙视声誉，却声誉加身
你冷眼世界，却热心无比
你是人间的失眠者，是飞天的幽灵
瓶锁你思想的食盐，我呼吸到了自由的氧气
带上你的孤独，我寄身理向彷徨地奔赴

2023-11-09

隐于诗

让词语站出来说话，我隐身于后
作为词语医院的一名献血者
我不能让现实成为一个负数
沉默在在可见，言辞流出泉水

自身有太多的黑夜。在黑夜里
时间爬升于骨髓，幽情流淌于血管
各种感觉交集、呻吟，弦音四起
心脏每一秒有节奏地触及叹号

诵读：静美

隐于诗

让词语说出来，说话，我隐身于后
作为词语医院的一名献血者
我不能让现实成为一个负数
沉默在在可见，言辞流出泉水

自身有太多的黑夜。在黑夜里
时间爬升于骨髓，幽情流淌于血管
各种感觉交集、冲撞，弦音四起
心脏每一秒有节奏地触及呼号

我是片羽，是萤光，是秋毫之末
我以我之渺小书写天地之博大
人世间的生死悲欢犹若春夏秋冬
岁月如此苍老，慰藉如此深挚

我的诗歌是我的不贰的密语
它言说的部分远不及它隐藏的部分
当心灵的王国超越了肉身的王国
仰望星空就成为最大的财富

2023-12-09

我是片羽，是萤光，是秋毫之末
我以我之渺小书写天地之博大
人世间的生死悲欢就为春夏秋冬
岁月如此苍老，慰藉如此深挚

我的诗歌是我的不贰的密语
它言说的部分远不及它隐藏的部分
当心灵的王国超越了肉身的王国
仰望星空就成为最大的财富

2023-12-09

附录

松竹乍栽山影绿

——陈浪诗歌赏析

王晓静

在宁夏南部，有一片浓厚的文学田园，那就是西海固，文学是这里最好的庄稼。这种看不见的收获，来自一种神奇的种子深深地扎根在人们的心田。生于斯长于斯的诗人陈浪，从西吉这块文学的庄稼地里走出来，到银川上大学，到西安读硕士研究生，工作几年，持续走向广阔的未知世界，带着与生俱足的文学气息，与生而自得的诗人气质。当年，他从那些弯弯的山路上走来，历经的风景和留下的脚印，伴随着时空的转换，凝成了他笔下诗歌的分行，以此记录他数年来心灵与外在世界的情感互动、物我交流的轨迹。

第一本诗集《十年踪迹十年心》，是曾经的十年眼前风景与潜意识交流而后落地生根的草原与树木。第二本诗集《寸心苍穹：陈浪的诗（手写本）》即将出版，二者各具特色，侧重点不同，前者侧重抒情，后者侧重哲思，但都是表现他内在世界的另类绽放：自心领悟的时空运动秩序与内在情感的碰撞，以诗歌的温度、颜色、质感甚至意境表达出来，通过写作平息他物与本我的矛盾冲突。

《十年踪迹十年心》诗集题目源自纳兰性德的词句，既是诗人心灵的映照，亦是诗歌意蕴的传承。诗句中时时能捕捉到源于悠久诗歌历史中的灵犀，有字，有词，有句，有情景，有意象，仿佛在写诗的时候也期遇了某个古代诗人的生活时空，体验到共鸣的情绪与情感，滋于心有戚戚的灵感迸发。读陈浪的诗，同时联想到古人诗词里的情景，仿佛历时与共时同生，彼时与此时同在。源于《诗经》古老源头上滴滴灵犀的滋育，他笔下的诗歌泉水汩汩而流，自然而随意。

对故乡的情感抒写，仿佛是一根扯不断的丝线，牵绊亦锲而不舍。诗行里呈现出蜿蜒曲折的心路历程，与他从西吉那个叫红耀土村的山间小路上行走的脚印一样，看得出前进步履的蹭蹬与艰辛，但写出来的却是充满诗情画意的故乡风情，还有布满关爱的亲情。也毫不掩饰，击中心灵的失望与希望、悲观与乐观、茫然与探索，那些无可名状的情绪，那些难以自渡的情怀，一切都在二重的转换中，世态的千百亿瞬息万变，亦是体验必经的幻象。在情感与情绪的作用下，他敏锐于内在世界的不同反应，怀疑与肯定，徘徊与迷茫，均将之接纳在心中，表达于笔端，虽然听不到欢歌与宣畅，却能感受到真实与坦率。

暂别了喧嚣的尘纷

回到了安静的乡村

我回归到我自己

面对纯粹的灵魂

（《乡村》）

陈浪表达故乡情怀的诗大致可以分三个层次：第一层写故乡，如《乡思》《故乡住在我心上》《星空·乡愁》《梦里的故乡》《老家》；第二层写父母，如《致西海固的父亲》《父亲的眼神》《妈妈，我是如此的想念你》《阿娘》；第三层写记忆中的味道、色彩、感觉等，如《洋芋面》《一盏孤灯》《黄昏》《天黑了》《故乡的月亮》《童年很慢》《乡愁是一粒种子》。这些情感在陈浪的诗中，表现出比较强的辩证意识，在诗中或隐或现的书写心声，多数都是向着虚空，为避开尘嚣，在诗中时时遇见故人，虚虚实实，总能在不经意间发现一些属于他独一无二的诗歌灵性，比如多情于世，无缘于心，不可斗量，这样一些阳极与阴极、正面与背面同时存在的意蕴，让读者发现，他在写无我之境，同时又隐身于诗中。

《十年踪迹十年心》写一个年轻人敏感细腻的情感体验，聚焦内在世界的自我景观：这诗歌的原野，被分成了无数诗意的小格间，每一块小小的阡陌中，内在弥漫的诗意，与外在相契的风景，都蕴含着述说不尽的深意，都被一颗满怀憧憬的心赋予无限的真情。在古典诗歌的园圃里，诗人被木栅栏拦住了前行的脚步，眼中有伊人曼妙身影的徘徊，也有一己的顾影自怜。一个诗人的忧郁之美，大抵如此吧。我们可以读得出诗人的细腻和多情，抒写古典诗词里的美仿佛得古人真传，徜徉其间，与之晤语，天涯比邻的绵延与悠远正是这本诗集最具魅力的地方。

陈浪的诗是从内心和灵魂出发，在觉醒与疏离之间随意顾盼，是一种自在而洒脱的表达。这种意境，在笔者读第二本诗集《寸心苍穹：陈浪的诗（手写本）》时感觉更加强烈。

《寸心苍穹：陈浪的诗（手写本）》中，电脑字体与手写字体左右页面对应并排，既有来自底本的精准，也有来自手写的温度，对照并行是一种形式上的创新，也是内容的更新，笔者从中读出了几点独到之处：

一是传统文化和美学意义运用得更加纯粹。诗集共分七辑，实为七年之作，以干支纪年的形式命名为丁酉帖、戊戌帖、己亥帖、庚子帖、辛丑帖、壬寅帖、癸卯帖。这些既具有时空厚重感，又简洁而切题的辑名，在诗集里犹如闪光的小星星，能让人读出明亮和温暖。诸如《参商》《子衿，我心》《取瑟而歌》《涉水而去》《咏而归》《暮春记》《时不我待》等饱含古典诗词源流的承接特色，移情换景与当下自己的心境互相取暖，与历史的诗境共情，与当下的心情同频共振。诗歌的真面目，敢情在诗人的心底和眼前是如此绚丽多姿；尽管诗歌的表现形式只有语言，而语言之外的色彩，却是可以在热爱诗歌的诗人那里，深谙诗之韵理，是这般与众不同。诗人与诗歌的意境，如同湖水的倒影，映照出另一个不同的镜面，那里是诗人的一切心绪，正在波翻浪涌，不为外界所知，只为内里的充盈和丰富。

不愿触响这静谧的叶
有鸟儿在其间软语轻歌
不愿离开这槐花的香
在香里我又念起了过往

（《石径上印着我的十年》）

在丁酉帖里，写又一个十年，那些散发着丁香味的花儿，无论生长在故乡的大地上，还是在遥远的向往里，诗人倾吐着期待与茫然的追寻，含蓄而内敛，写自己的心声，倾心于江南油纸伞下的丽人身影，等待相遇的奇迹，表达美好的意愿，不在意那些浮云一样的缥缈之景。诗的情感丝线，大抵若云与棉的丝绪状态，薄而透明。

二是诗人对孤独的感受是诗意的。《孤独乡》《我的深夜比别人的深》《以写诗的孤独抵御不写诗的孤独》等诗，写诗人在诗的苑囿里留恋踟蹰，自在独行，以诗为伴。其诗歌既是田园牧歌，亦是思维的屏障，没有对错，只有分别和取舍。诗之玉成诗人，必当隔离喧嚣。诗人在诗的道场里长啸，释放内心的承载，外化为诗的承担，近似一个修行者孤独的情感表达，他走过春夏秋冬，他迎接风云雨雪，他静听水滴击石，他看到故乡和自己都在这变化万千的山色中，呈现出宁谧而安详的本真。

《我以写诗，与另一个自己对话》《隐于诗》这两首诗写诗人与诗歌的因缘，也可视为他的自我写照。

一个人，应该有另一个分身吧
他有另一种面目，另一种性情
他是喜，是悲，是笑，是泪
他站在我的对立面，又如影随形

（《我以写诗，与另一个自己对话》）

让词语站出来说话，我隐身于后
作为词语医院的一名献血者
我不能让现实成为一个负数
沉默在在可见，言辞流出泉水

自身有太多的黑夜。在黑夜里
时间爬升于骨髓，幽情流淌于血管
各种感觉交集、呻吟，弦音四起
心脏每一秒有节奏地触及叹号

（《隐于诗》）

《隐于诗》是《寸心苍穹：陈浪的诗（手写本）》的结末之诗。诗人倾心于诗的世界，其小无内，其大无外，诗情与哲思完美融合，感性与理性由内而外，自心至口，一如禅茶一体的境界。

三是行走于探索和创新之路。王国维关于诗歌曾提出境界说。陈浪在体验和创作实践的道路上，执着地在有我之境和无我之境的诗歌田野里探索和发现。写自己的心情与外在世界建立连接，又独上高楼眺望，与身处的环境各有各的边界，和谐相宜，而不相扰。这是读者能静心阅读和体悟他用诗歌表达心声的另一收获。

两本诗集共同的特点也很明显：汲取中外诗歌的多样化营养，借用先哲的厚重力量作为诗人创作的底蕴，无缝衔接，为我所用。读陈浪的诗，同时联想到古人的诗词意境，有化用的词句，也有化用的意境，但读出来都是新颖而独特的现代意义，仿佛古典诗词的审美意蕴，作为他新生灵感的柔软铺垫。对诗歌的“三美”标准音乐美、绘画美、建筑美体现为诗歌创作中的韵律美、形象美、结构美，现代汉语的韵律、节奏赋予了其诗现代性的理念，诗人选择的词语富有灵动与色彩，这些都基于他宽广的文史知识。

在阅读的过程中，笔者有欣赏有赞叹，有联想有感悟，收获着审美眼光的提升，融化着世俗泥淖里的烦忧。读这两本诗集，笔者想到两句古诗：“松竹乍栽山影绿，水流穿过庭院中。”陈浪诗歌创作的审美追求，意境与之天然相契。

王晓静，文学创作一级作家。中国文艺评论家协会理事，宁夏文艺评论家协会副主席。出版文艺评论集《梦断乡心又一程》《落花有意染衣袖》等。获第九届宁夏文学艺术奖。

后记

如果没有李志江老师的再三提说，就没有这本书的出炉。李老师知道我一直写诗，且练过书法，字也写得不错，每次电话里聊事情，他总是不忘赘上几句：“陈浪，把你写的诗精选一部分，不要多，手写出来予以出版，较好。你现在年富力强，抓紧写；我现在手抖，时常不能操控了。”我知道李老师字也写得好，很秀挺，有启功范儿。六十多岁的李老师，对此事念念不忘，令我铭感五内，遂决心付诸行动了。

于是，我将自己2017—2023年七年间写的诗作，从每年每月的作品中挑选一首，一年选十二首，七年共选八十四首，以年辑分为七帖，以每年的干支纪年为辑名，分别为丁酉帖、戊戌帖、己亥帖、庚子帖、辛丑帖、壬寅帖、癸卯帖，将这八十四首诗作以硬笔行书的形式进行书写。

书写的过程花了近一个月的时间。就是每天晚上茶余饭后开始写，有时一晚两首，有时一晚三首四首，有不满意的则作废重写。写的时候，有若参加考试，总觉力有不逮，下笔拘谨，稍不注意便有错谬出现，加之天热，大汗淋漓，一首诗要写一二十分钟。手写虽以行书为主，但楷书、草书兼带，是行笔到某字自然的连贯输出，这样写出来，字体有所变化，会显得丰富些。

书稿既成，命何书名？“陈浪的诗（手写本）”这是我很自然就想好的副标题，但主标题呢？一时无有头绪。那日闲翻他书，蓦见龚自珍的两句诗：“不能胜寸心，安能胜苍穹。”这两句诗犹如一道闪电击中了我——对！诗集主标题就叫“寸心苍穹”。它虽已与龚自珍诗的原意相去甚远，但我有我的“别有用心”，它寓意我自的寸心里装有苍穹，我自的芥子里纳有须弥。诚如六祖慧能所言：“一切福田，不离方寸；从心而觅，感无不通。”这当然是一种理想，一种执着的理想，与现实尚有相当的距离，然而虽不能至，心向往之可也。

细算来，我的写诗生涯至少有十七年了。这十七年来，我出过一本诗集，发表过若干诗作，被一些选本选载过几首，先后加入宁夏作家协会、中国诗歌学会、中国作家协会，再无其他。这次以手写本的不太常规的样式呈现，算是别开生面，略带新意。往小里说，没有张扬出版造势之意，唯有默默留作纪念之心；往大里说，但愿我的诗作与书写能得小众读友的欣赏与喜爱，于愿足矣。

写诗，于我而言，是一种慰藉、一种同情和补偿。它是我生命的一部分，是我生活方式之一种。我用写诗来对抗遗忘和孤独、荒诞和无聊，来安抚我匍匐在纸上的低吼的灵魂。我用白纸黑字写下的，是我的求不得、爱别离、意难平，是我的人生履痕、心路历程、精神家园……然而，业已经过写过的，这些渐行渐远的脚迹和笔迹，却将周全我，令我向死而生、离苦得乐，令我的精神之躯抵达那应许的下临诸河的乐园，从此得寸心，亦得苍穹，感恩、美好地活着。

感谢李志江老师为本书作序，感谢王晓静老师为诗集写评，感谢陈兵、静美二位老师的诵读，感谢吴惟珺兄题写书名，感谢王雅亨君为我画像，感谢康景堂君责任编辑……没有你们的玉成，就没有此书今天的面目。一本书中，能与众多同道如此“相遇”，幸甚至哉！

最后，愿每个深情于文字的人，在尘世获得幸福。

2024年7月22日